O PAPEL DE PAREDE AMARELO E OUTROS CONTOS

Todos os contos foram traduzidos com base na primeira publicação, conforme indicado na bibliografia da página 95 desta obra.

Grafia conforme o novo Acordo Ortográfico da Língua Portuguesa.

1ª edição, 2019.

Editores: Jair Lot Vieira e Maíra Lot Vieira Micales
Edição de texto: Marta Almeida de Sá
Produção editorial: Carla Bitelli
Assistente editorial: Thiago Santos
Capa: Studio Mandragora
Preparação: Marta Almeida de Sá
Revisão: Gabriela Ventura
Editoração eletrônica: Balão Editorial

Dados Internacionais de Catalogação na Publicação (CIP)
(Câmara Brasileira do Livro, SP, Brasil)

Gilman, Charlotte Perkins, 1860-1935
O papel de parede amarelo e outros contos / Charlotte Perkins Gilman; tradução, prefácio e notas de Martha Argel. – São Paulo: Via Leitura, 2019.

ISBN 978-85-67097-65-7 (impresso)
ISBN 978-85-67097-71-8 (e-pub)

1. Contos norte-americanos 2. Feminismo e literatura 3. Gilman, Charlotte Perkins, 1860-1935 – Crítica e interpretação 4. Literatura americana – História e crítica I. Argel, Martha. II. Título.

18-21646 CDD-813.09

Índice para catálogo sistemático:
1. Literatura norte-americana : História e crítica 813.09

EDITORA AFILIADA

VIA LEITURA

São Paulo: (11) 3107-4788 • Bauru: (14) 3234-4121
www.vialeitura.com.br • edipro@edipro.com.br
@editoraedipro @editoraedipro

CHARLOTTE
PERKINS GILMAN

O PAPEL DE PAREDE AMARELO E OUTROS CONTOS

Tradução, prefácio e notas
Martha Argel

VIA LEITURA

SUMÁRIO

PREFÁCIO

"O papel de parede amarelo", conto publicado em janeiro de 1892 na revista *The New England Magazine*, é considerado um dos textos precursores da literatura feminista americana. Charlotte Perkins Gilman, por meio da ficção, teceu nesta obra uma contundente denúncia aos métodos ineficazes e humilhantes de tratamento da saúde mental impostos às mulheres de sua época.

O conto tem um tom autobiográfico. Gilman sofreu com a depressão pós-parto e, durante a doença, anotou com detalhes seus sintomas. A escritora enviou suas notas ao doutor Silas Weir Mitchell, conceituado especialista em doenças nervosas. O médico, no entanto, fez pouco caso das anotações. Afirmando que tudo não passava de presunção de sua parte, ordenou que ela realizasse seu processo de cura por meio do "descanso". Esse tipo de tratamento proibia as mulheres até mesmo de ler e escrever, inclusive sobre si mesmas e sobre o que sentiam.

Ao aceitar o tratamento, Gilman "chegou perigosamente perto de enlouquecer", segundo ela mesma declarou. Por fim, ela abandonou as orientações de Mitchell e publicou "O papel de parede amarelo", conto baseado em suas próprias aflições, tornando-se conhecida como escritora e ativista pela causa das mulheres.

Desde sua publicação, este conto foi visto como uma crítica à forma como as mulheres eram tratadas no casamento e pela medicina. Os resenhistas reconheceram um subtexto subversivo e se referiram à obra com cautela, havendo indícios de que já então percebiam a mensagem feminista da autora. A partir da década de 1970, a leitura deste conto tornou-se quase obrigatória em qualquer antologia de literatura dos

Estados Unidos e em cursos de introdução à questão de gênero nesse país.

Essa antologia, portanto, não se furtaria a incluir a obra entre os contos selecionados como representativos tanto da veia ativista de Charlotte Perkins Gilman quanto de seu imenso talento literário. Talento esse que, apesar de não se alinhar a nenhuma corrente de autores, flertou de forma muito interessante com a produção gótica de sua época. A própria autora afirmaria em suas memórias que não estava preocupada com questões de estilo, mas com a mensagem que seus textos transmitiam. Ainda assim, ela não escapou à influência de autores como Charlotte Brontë e Edgar Alan Poe. Como este último, em especial, Gilman produziu obras-primas do terror e do suspense, incluídas nesta coletânea. Utilizou com habilidade inúmeros motivos tradicionais do gótico, aos quais entremeou sua visão feminina e feminista como elementos essenciais à narrativa, reafirmando, assim, sua ênfase na mensagem a ser transmitida.

A influência gótica pode ser observada na exploração de um elemento dessa tradição literária: a mansão mal-assombrada. Esse argumento aparece no conto "A glicínia gigante", que abre esta coletânea. Publicado também em *The New England Magazine*, um ano antes de "O papel de parede amarelo", este conto é divido em duas partes, com mais de um século de distância entre as duas histórias. Enquanto a primeira parte narra a violenta reação familiar que tem lugar quando uma jovem dá à luz uma criança "ilegítima", a segunda é focada em um grupo de jovens que se diverte especulando sobre os possíveis segredos da casa mal-assombrada, com um desfecho impactante.

Escrito à época em que Gilman separou-se de seu primeiro marido, o artista Charles Walter Stetson, este conto reflete esses anos difíceis da autora – dividida entre a pressão de ser uma boa esposa e mãe e o desejo por autonomia e sucesso profissional. Em "A glicínia gigante", na casa construída e controlada por homens, são as mulheres as primeiras a reconhecer que a mansão tem uma história oculta a qual devem investigar.

O tema da assombração ressurge no conto seguinte: "A cadeira de balanço". Neste, dois amigos procuram um imóvel para alugar. Logo encontram-se obcecados pela imagem de uma garota de cabelos dourados em uma cadeira de balanço. Este conto, publicado na *Worthington's Illustrated* em 1893, guarda semelhanças com "O papel de parede amarelo", por explorar o tênue limite entre realidade e desequilíbrio. No entanto, nesta narrativa a mulher deixa de ser a vítima do descontrole que afeta os dois rapazes e, como em "A queda da casa de Usher", de Edgar Allan Poe, a mulher passa a ser o catalisador da destruição.

Gilman volta a visitar o tema gótico das assombrações ao publicar na *Impress*, em 1894, "A porta não vigiada", uma alegoria em que, por meio de uma linguagem lírica, a autora cria um cenário de grande beleza visual.

De 1909 a 1916, Charlotte Perkins Gilman criou e editou a sua própria revista literária. Batizada como *The Forerunner*, a revista foi um importante veículo de divulgação das ideias feministas de Gilman, atingindo, em seu auge, mais de 6.500 leitores por mês. Nas páginas dessa revista foi publicado pela primeira vez o conto "Quando fui uma bruxa", em 1910. Neste conto, o suspense sobrenatural dá lugar à magia quando uma mulher percebe que seus desejos de vingança movidos pela indignação de repente passam a tornar-se realidade. Como Fausto, a mulher se vê em meio a um acordo com Satã e passa a refletir sobre a natureza de tais desejos.

Em "Água antiga", também publicado na *Forerunner*, em 1911, uma mulher independente e livre é pressionada a se casar com um homem abusivo e opressor, mas luta contra isso literalmente com toda a sua força. O amadurecimento de Gilman como uma mulher forte e independente e mais convicta de seus ideais feministas transparece na conclusão deste conto.

A obra que fecha esta antologia é "Se eu fosse um homem", publicada originalmente na *Physical Culture*, em 1914. O fantástico se apresenta em uma história de troca de corpos neste conto. Ficam mais evidentes neste texto as ideias de Gilman a respeito do urgente empoderamento econômico das mulheres de sua época – ideias que seriam explanadas em uma de suas obras mais importantes, *Women and Economics*, publicada em 1898.

Como em suas demais produções literárias, portanto, nestes contos que transitam entre o terror e o fantástico, Charlotte Perkins Gilman traçou críticas contundentes à situação da mulher de sua época. As narrativas reunidas neste livro buscam refletir essa faceta característica da autora – de canalizar um grande talento literário para uma missão maior: a emancipação da mulher e o reconhecimento de seu valor.

MARTHA ARGEL

A GLICÍNIA GIGANTE

(1891)

– Não mexa em minha trepadeira nova, menina! Veja! Já quebraste o raminho delicado que estava brotando. Jamais te dedica ao bordado ou a fiar com a roca, e nunca para quieta!

Os dedos nervosos vacilaram, fecharam-se ao redor de um pequeno crucifixo de cornalina que lhe pendia do pescoço e então descaíram desanimados.

– Dá-me meu bebê, mãe, e então ficarei quieta!

– Psiu, cala-te! Sua tola, pode haver alguém por perto! Vê, ali está seu pai, chegando neste exato momento! Vá para dentro, depressa!

Ela ergueu os olhos para a mãe; olhos cansados, que ainda assim guardavam, em suas profundezas sombrias, uma chama incerta e trêmula.

– Tu és mãe, e ainda assim não tens piedade de mim, que sou mãe, como tu? Dá-me meu bebê!

A voz dela elevou-se num gemido estranho e grave, interrompido pela mão de seu pai, que lhe tapou a boca.

– Atrevida! – ele vociferou entredentes. – Vá para o teu quarto, e que eu não lhe veja mais esta noite, ou mandarei que lhe prendam.

Diante disso, ela se foi, e uma serviçal de expressão severa a seguiu, voltando dali a instantes para entregar uma chave a sua patroa.

– Está tudo bem com ela... e com o bebê?

– Ela está tranquila, senhora Dwining, e vai passar bem a noite, pode ter certeza. O bebê é agitado demais, mas, fora isso, está muito bem em minhas mãos.

Os pais ficaram a sós no alpendre quadrado de dois andares e imponentes pilares, e a lua nascente projetou sombras tênues sobre as folhas novas que brotavam viçosas na trepadeira ao redor deles; sombras movediças, como dedos pequeninos que se estendiam por sobre as tábuas largas e pesadas do piso de carvalho.

– Ela cresce bem, esta trepadeira que trouxeste para mim no navio, meu marido.

– Sim – ele interrompeu com amargura. – Como também a vergonha que eu te trouxe! Se eu soubesse, teria preferido que o navio afundasse sob nossos pés, e que nossa filha se afogasse de uma vez, a viver para chegar aonde chegamos.

– És muito duro, Samuel, não temes pela vida dela? Ela sofre demais pelo bebê, e pelos verdes campos onde caminhar!

– Não, não temo – ele respondeu sombrio. – Ela já perdeu algo maior que a vida. E logo terá muito ar puro. O navio fica pronto amanhã, e retornaremos à Inglaterra. Lá ninguém sabe nada sobre a desonra que se abateu sobre nós, e se nesta cidade houver um bebê de filiação desconhecida, que será criado de modo decente... ora, não vai ser o primeiro. Ele será bem cuidado! E temos motivos de sobra para gratidão, já que o primo dela ainda está disposto a desposá-la.

– Contaste a ele?

– Sim! Pensas que eu seria capaz de lançar vergonha sobre a família de um homem desavisado? Ele sempre a desejou, mas ela não queria saber dele, a cabeça-dura! Agora terá pouca escolha.

– Mas ele a tratará com bondade, Samuel? Poderá ele...

– Bondade? Que nome dás ao gesto de tomar como esposa alguém como ela? Bondade! Quantos homens a tomariam, e ela teve essa sorte duas vezes? E, sendo da família, de muito bom grado ele esconderá para sempre essa vergonha.

– E se ela não o quiser? Ele é um homem grosseiro, e ela sempre o rejeitou.

– Estás louca, mulher? Ou ela se casa com ele antes de partirmos amanhã, ou vai ficar para sempre naquele quarto. A menina não é tão tola assim! Ele fará dela uma mulher honesta e salvará nossa família da vergonha total. Que outra esperança ela tem senão uma nova vida para encobrir a antiga? Que tenha um filho honestamente, já que quer tanto um bebê!

Ele percorreu o alpendre com passos pesados, até as tábuas soltas rangerem de novo, indo e vindo, os braços cruzados e uma expressão carrancuda por cima de sua boca mal-humorada.

Em meio à folhagem acima dele, as sombras desdenhosas dançavam sobre um rosto pálido em cujos olhos ardia um fogo devastador.

– Ah, George, que casa! Que casa adorável! Tenho certeza de que é assombrada! Vamos alugá-la e passar o verão aqui! Chamaremos Kate e Jack e Susy e Jim, claro, e nos divertiremos muito!

Os jovens maridos são indulgentes, mas ainda assim são obrigados a levar em conta os fatos.

– Minha querida, talvez ela não esteja disponível para alugar. E também pode não estar habitável.

– Com certeza há alguém tomando conta. Vou perguntar.

O grande portão central soltara-se das dobradiças enferrujadas, e haviam crescido árvores no longo caminho de entrada, mas uma trilha estreita dava pistas de uso constante, e por ela caminhou a senhora Jenny, seguida por seu obediente George. As janelas da frente da velha mansão estavam nuas, mas em uma ala nos fundos encontraram cortinas brancas e portas abertas. Do lado de fora, sob o luminoso sol de maio, uma mulher lavava roupa. Ela foi educada e cordial, e era evidente sua alegria por ter visitantes naquele lugar tão solitário. Disse achar que a casa poderia ser alugada, embora não tivesse certeza. Os herdeiros estavam na Europa, mas havia um advogado em Nova York que cuidava dos assuntos da propriedade.

Houve gente morando ali anos antes, mas não tinha sido em sua época. Ela e o marido pagavam o aluguel daquela parte da casa tomando conta do lugar. Não que tomassem muita conta, mas mantinham afastados os gatunos. A casa estava toda mobiliada, e era tudo muito antigo, mas encontrava-se em bom estado. E ela imaginou que, se eles alugassem o imóvel, poderia trabalhar para eles... Se *ele* quisesse!

Nunca um plano maluco funcionou com tanta facilidade. George conhecia o tal advogado de Nova York. O aluguel não era um absurdo. E a proximidade de uma estância à beira-mar de crescente popularidade tornava a propriedade ainda mais agradável como casa de veraneio.

Kate e Jack e Susy e Jim aceitaram alegremente o convite, e a lua de junho encontrou-os todos sentados no alpendre da frente.

Haviam explorado a casa de alto a baixo, do grande cômodo que havia no sótão, sem nada além de um berço frágil, ao poço que se abria no porão, desprovido de mureta e com uma corrente enferrujada que sumia na escuridão impenetrável lá embaixo. Exploraram toda a área externa da propriedade, outrora adornada com árvores e arbustos raros, mas agora tomada por um matagal sombrio e emaranhado.

Os pendões floridos dos velhos pés de lilás, laburno e espirea roçavam de leve as janelas do segundo andar. As plantas sobreviventes no jardim formavam grandes moitas descuidadas ou amplos canteiros disformes. Uma trepadeira enorme cobria toda a frente da casa. Era uma velha glicínia, cujo tronco, grande demais para ser chamado de caule, erguia-se em um dos cantos do alpendre, junto à escadaria de acesso. No passado, ele subira pelos pilares, mas estes tinham sido arrancados de seus lugares e eram sustentados, imóveis e impotentes, pelos ramos nodosos que os abraçavam com firmeza.

A glicínia fechava todo o segundo andar do alpendre com uma parede trançada de ramos e folhas e percorria o beiral, segurando a calha que no passado a sustentara. Ela sombreava todas as janelas com um verde pesado, e os ramos pendentes de flores perfumadas formavam uma onda arroxeada que ia do telhado ao chão.

– Vejam essa glicínia! – exclamou extasiada a senhora Jenny. – Só o fato de estarmos sentados debaixo desta folhagem já compensa o aluguel. Uma figueira, perto dela, seria totalmente supérflua e uma tremenda extravagância.

– Jenny exagera com essa glicínia – disse George –, porque ficou muito desapontada com os fantasmas. Logo de cara ela se convenceu de que havia assombrações na casa, mas não consegue encontrar nem mesmo uma história de fantasmas!

– É verdade – assentiu Jenny, pesarosa. – Interroguei a pobre senhora Pepperill durante três dias e não consegui tirar nada dela. Porém estou convencida de que existe uma história e que só precisamos encontrá-la. Não vão me dizer que uma casa como esta, com um jardim destes, e um porão como este, não é assombrada!

– Concordo com você – disse Jack. Ele era repórter em um jornal diário de Nova York e estava noivo da linda irmã de Jenny. – E, se não encontrarmos um fantasma de verdade, podem ter certeza de que vou inventar um. É uma oportunidade boa demais para deixar passar!

A linda irmã de Jenny, sentada a seu lado, ficou indignada.

– Você não vai fazer nada disso, Jack! Este lugar é mal-assombrado de verdade, e não vou deixar que você faça graça sobre ele. Veja aquele arvoredo ali no meio da grama alta, parece direitinho um vulto agachado, acuado!

– Para mim, parece uma mulher colhendo mirtilos – disse Jim, que era casado com a encantadora irmã de George.

– Cale-se, Jim – disse a jovem loira. – Eu concordo com Jenny e também acredito no fantasma dela. Que lugar! Dê só uma olhada nesse tronco enorme da glicínia, subindo pelos degraus da escada! Parece exatamente um corpo contorcendo-se... encolhido... suplicante!

– Sim, Susy, parece mesmo – respondeu Jim, contrito. – Olhe a cintura dele, tem mais ou menos dois metros, e toda retorcida! Que desperdício de bom material!

– Não sejam tão horríveis, meninos! Se não podem ser agradáveis, saiam daqui e vão fumar em algum lugar!

– Mas nós podemos ser agradáveis! E vamos ser! Vamos ser tão fantasmagóricos quanto vocês quiserem.

E de imediato começaram a ver tamanha abundância de manchas de sangue e vultos agachados que os mais deliciosos arrepios multiplicaram-se, e as jovens decidiram ir dormir, declarando que não conseguiriam sequer pregar o olho.

– Com certeza, todos nós vamos sonhar! – exclamou a senhora Jenny. – E amanhã de manhã deveremos contar nossos sonhos.

– Há outra certeza – disse George, segurando Susy quando esta tropeçou em uma tábua solta –, e é que vocês, criaturas irrequietas, devem usar a porta lateral até que eu mande consertar esta verdadeira Torre Eiffel disfarçada de pórtico, ou vamos ter de lidar com alguns fantasmas novos em folha. Encontramos uma tábua solta que parece a abertura de um alçapão, ampla o suficiente para engolir uma pessoa. Acho que o buraco chega até a China.

A manhã seguinte encontrou-os todos vivos e devorando um substancial café da manhã típico da Nova Inglaterra, ao som da sinfonia de serrotes e martelos que vinha do alpendre, onde carpinteiros de uma presteza miraculosa pareciam estar pondo tudo abaixo.

– Vamos ter de derrubar quase tudo – haviam dito. – As madeiras que essa planta enorme anda não arrancou estão todas podres. São só elas que mantêm a coisa toda em pé.

O que eles diziam fazia sentido, e, com um pedido da ansiosa senhora Jenny para que não danificassem a glicínia, receberam autorização para demolir e consertar tudo o que quisessem.

– E os fantasmas? – indagou Jack, depois de comer a quarta panqueca. – Topei com um deles, e isso tirou meu apetite!

A senhora Jenny emitiu um gritinho e deixou cair a faca e o garfo.

– Ah, eu também! Tive um sonho horrível... Bem, não foi exatamente um sonho, foi uma sensação. Havia me esquecido disso por completo!

– Deve ter sido horrível – comentou Jack, servindo-se de outra panqueca. – Conte-nos sobre essa sensação. Meu fantasma pode esperar.

– Até agora, me arrepio só de pensar – disse ela. – Acordei de repente com aquela sensação terrível, como se algo fosse acontecer, sabe? Eu estava totalmente acordada e ouvia o menor dos sons num raio de quilômetros, era a impressão que tinha. Há tantos barulhinhos estranhos no campo, por mais tranquilo que ele seja! Milhões de grilos e de coisas lá fora, e todo tipo de sussurro na folhagem das árvores! Não havia muito vento, e o luar que entrava pelas três grandes janelas do quarto formava três quadrados brancos no assoalho preto antigo, e aquelas folhas de glicínia parecidas com dedos, das quais falávamos ontem à noite, pareciam rastejar através deles. E... ah, meninas, sabem aquele poço horrível do porão?

Isso causou uma sensação muito gratificante, e Jenny prosseguiu animada:

– Bem, estava tudo terrivelmente quieto e, enquanto eu estava lá deitada, tentando não acordar George, ouvi, tão bem como se fosse dentro do quarto, aquela corrente velha lá de baixo rangendo e batendo nas pedras!

– Bravo! – exclamou Jack. – Isso é excelente! Vou colocar na edição de domingo!

– Fique quieto – atalhou Kate. – E o que era, Jenny? Você chegou a ver algo?

– Não, não vi, infelizmente. Mas naquela hora eu nem queria ver. Acordei George e fiz tanto escândalo que ele me deu brometo, e disse que iria ver o que era, e essa foi minha última lembrança dessa história, até que Jack me fez recordá-la. O brometo funcionou muito bem.

– Agora, Jack, fale-nos de seu fantasma – disse Jim. – Quem sabe as duas histórias se encaixam, de algum modo. Um fantasma com sede, eu imagino; talvez tivessem a proibição[1] aqui naquela época!

Jack dobrou o guardanapo e reclinou-se para trás, com seus modos mais solenes.

– O grande relógio de carrilhão estava soando a meia-noite... – começou.

– Não há nenhum relógio de carrilhão!

– Ah, quieto, Jim, você está estragando o clima! Era uma da manhã, então, segundo meu velho relógio de alarme.

– Waterbury! Não importa que horas eram!

– Bom, sério, acordei de repente; assim como nossa amada anfitriã, e tentei dormir de novo, mas não consegui. Também tive todas essas sensações de luar e de gafanhotos, como Jenny, e estava pensando se havia sido algo que comi no jantar quando meu fantasma apareceu, e tive certeza de que estava sonhando! Era o fantasma de uma mulher, e imagino que ela tenha sido jovem e atraente, mas todos aqueles vultos

1. O termo se refere à proibição do consumo de bebidas alcoólicas, instituída por vários Estados dos Estados Unidos a partir da década de 1840. Na década de 1920, a proibição entrou em vigor no país inteiro.

agachados e acuados de ontem à noite não me saíam da cabeça, e a pobre criatura se parecia com eles. Estava envolta em um xale, e tinha uma grande trouxa debaixo do braço... Ah, céus, estou estragando a história! Ela se movia como se estivesse com muita pressa e aterrorizada. Caminhou até uma grande cômoda e pareceu tirar coisas das gavetas. Quando se virou, o luar bateu em cheio em um pequeno crucifixo que ela trazia pendurado ao pescoço em uma correntinha de ouro. Eu o vi reluzindo enquanto ela deixava o quarto furtiva e silenciosa! Isso é tudo.

– Ah, Jack, não seja tão horrível! Sério que isso aconteceu? O que você acha que era?

– Não sou horrível por natureza, apenas profissionalmente. Aconteceu. E estou plenamente convencido de que era o legítimo e genuíno fantasma de uma criada de quarto cleptomaníaca fugitiva!

– Você é cruel, Jack! – exclamou Jenny. – Tirou todo o horror da história. Não sobrou um arrepio sequer em todos nós.

– Nove e meia da manhã não é uma boa hora para arrepios, com o sol brilhando e os carpinteiros lá fora! – atalhou George. – No entanto, se vocês não conseguem esperar até o cair da noite para ter arrepios, acho que posso fornecer-lhes um ou dois. Eu desci até o porão atrás do fantasma de Jenny!

Ergueu-se um coro deliciado de vozes femininas, e Jenny lançou a seu amo e senhor um olhar de gratidão genuína.

– Tudo bem estar deitado na cama e ver ou ouvir fantasmas – ele prosseguiu. – Contudo o jovem proprietário da mansão achou que podia haver algum gatuno na casa, ainda que, como um homem da medicina, tivesse constatado que sua esposa tivera uma crise nervosa. Depois que Jenny apagou, parti em uma viagem de descobertas. Nunca mais vou fazer isso, juro!

– Mas o que aconteceu?

– Ah, George!

– Peguei uma vela...

– Um bom alvo para os ladrões – murmurou Jack.

– ... e inspecionei toda a casa, descendo pouco a pouco na direção do porão e do poço.

– E...? – indagou Jack.

– Você pode rir. Mas aquele porão não tem graça nenhuma durante o dia, e uma vela lá embaixo durante a noite é mais ou menos tão reconfortante quanto um vagalume na caverna Mammoth.[2] Fui andando com a luz, tentando não cair prematuramente no poço. Logo cheguei a ele. Abaixei a luz e então vi, junto a meus pés... quase caí em cima dela, ou passei através, quem sabe... uma mulher, encurvada e enrolada em um xale! Ela estava segurando a corrente, e a vela iluminou suas mãos, brancas e finas, e um pequeno crucifixo pendurado no pescoço... como Jack descreveu! Não acredito em fantasmas, e oponho-me terminantemente à presença de pessoas desconhecidas na casa durante a noite. Assim, falei-lhe com certa rispidez. Ela pareceu não ouvir, então estendi a mão para agarrá-la... Depois, voltei aqui para cima!

– Por quê?

– O que aconteceu?

– O que houve?

– Bem, não aconteceu nada. Ela simplesmente sumiu! Pode ter sido a indigestão, é claro, mas, como médico, não aconselho ninguém a desfrutar de uma indigestão sozinho à meia-noite em um porão!

– Este é o fantasma mais interessante e itinerante e furtivo de que já ouvi falar! – disse Jack. – Em minha opinião, ela está escondendo uma pilha de canecas de prata e de joias no fundo daquele poço, e proponho que desçamos lá para ver.

– Ao fundo do poço, Jack?

– Ao fundo deste mistério. Vamos lá!

Houve aprovação unânime, e todas as cambraias limpinhas e botas bonitas foram galantemente escoltadas até o porão pelos cavalheiros, cujas piadas eram tão abundantes que muitas saíam meio forçadas.

O profundo e antigo porão era muito escuro, então tiveram de levar luzes, e o poço era tão lúgubre em seu negrume que as damas recuaram.

– Esse poço assusta até um fantasma. Acho que, às vezes, é melhor não revolver as águas profundas – comentou Jim.

---

2. A caverna Mammoth, situada no estado de Kentucky, nos Estados Unidos, constitui o mais extenso sistema de cavidades subterrâneas do mundo, com mais de 640 quilômetros de túneis já explorados.

– Existem verdades profundas que devemos trazer à luz – afirmou George. – Podem me ajudar com a corrente?

Jim esticou a corrente, George girou o guincho barulhento e Jack ficou encarregado dos comentários.[3]

– Correntes e fantasmas, combinação perfeita[4] – disse. – Parece que é difícil elevar esse espírito! Acho que ele chutou o balde quando desceu!

À medida que a corrente foi ficando mais leve e curta, um silêncio tenso cresceu entre eles. Quando por fim o balde apareceu, erguendo-se devagar através da água escura, os olhares ansiosos e meio relutantes fixaram-se nele, enquanto todos recuavam um pouco. Remexeram o conteúdo sombrio.

– Só tem água.

– Nada além de lama.

– Algo...

Esvaziaram o balde na terra escura, e então todas as moças subiram para respirar ar livre, para o sol que brilhava luminoso e cálido na frente da casa, onde era ouvido o som de serrotes e martelos e sentia-se o cheiro da madeira nova. Nada foi dito até que os homens se juntaram a elas, e então Jenny perguntou timidamente:

– Que idade você calcula que ele teria, George?

– Pelo menos um século – respondeu ele. – Aquela água tem propriedades preservativas. Há calcário nela... Ah... Você quer dizer?... Não mais que um mês. Era um bebê bem pequeno.

Fez-se outro silêncio depois disso, quebrado por um grito vindo da direção dos trabalhadores. Haviam removido o piso e as paredes laterais do velho alpendre, de modo que a luz do sol derramou-se sobre as pedras escuras do piso do porão. E lá, no abraço esmagador das raízes da grande glicínia, jaziam os ossos de uma mulher, de cujo pescoço ainda pendia uma pequenina cruz escarlate em uma fina corrente de ouro.

---

3. No teatro grego, o coro comentava as ações dos protagonistas. Assim, o que ela está dizendo aqui é que Jack fazia comentários enquanto os demais içavam o balde.
4. "A wet sheet for this ghost, if not a flowing sea", no original. É uma citação de uma canção de marinheiros escocesa.

O PAPEL DE PAREDE AMARELO

(1892)

É muito raro pessoas tão comuns quanto John e eu conseguirem alugar um casarão antigo para passar o verão.

Uma mansão colonial, uma propriedade passada como herança de uma geração a outra, quem sabe até uma casa mal-assombrada, e isso seria o máximo da felicidade romântica. Mas já seria pedir demais do destino!

Ainda assim posso dizer, com convicção, que existe algo muito esquisito quanto a ela.

De outro modo, por que o aluguel seria tão barato? E por que permaneceu desabitada por tanto tempo?

John ri de mim, é claro, mas isso é o que se espera em um casamento.

John é extremamente prático. Não tem a menor paciência com questões de fé, nutre um horror intenso à superstição e despreza abertamente qualquer referência a coisas que não podem ser sentidas, vistas e descritas em números.

John é médico, e *talvez* – eu não diria isso a pessoa alguma, claro, mas este é um mero papel inerte, e um tremendo alívio para minha mente –, *talvez* seja este o motivo pelo qual não me restabeleço mais depressa.

Sabe, ele não acredita que eu esteja doente!

E o que se há de fazer?

Se um médico afamado, que também é seu próprio marido, garante aos amigos e à família que não há nada de errado com você, exceto uma depressão nervosa temporária, uma certa tendência histérica, o que se há de fazer?

Meu irmão também é médico, também bastante respeitado, e diz a mesma coisa.

Assim, aceito os fosfatos ou fosfitos, o que seja, e os tônicos, e as viagens, e o ar puro, e os exercícios, e estou absolutamente proibida de "trabalhar" até me sentir bem de novo.

Pessoalmente, discordo das ideias deles.

Pessoalmente, creio que um trabalho agradável, que fosse interessante e diferente, me faria bem.

Mas o que se há de fazer?

Durante algum tempo escrevi, contra a vontade deles. Mas acho muito cansativo ter de disfarçar o tempo todo, sob o risco de enfrentar uma forte oposição.

Às vezes fico pensando se, em minha condição, eu não tivesse tanta oposição e tivesse mais companhia e estímulo... Mas John diz que a pior coisa que posso fazer é pensar em minha condição, e confesso que isso sempre faz com que eu me sinta mal.

Por isso vou mudar de assunto e falar da casa.

Que lugar bonito! É bem isolado e fica afastado da estrada, a uns cinco quilômetros de distância da vila. Faz-me pensar naquelas propriedades inglesas sobre as quais se lê nos livros, pois tem cercas vivas e muros e portões que podem ser trancados a chave, e muitas casinhas separadas, para jardineiros e empregados.

Há um jardim *encantador*! Nunca vi jardim igual, grande e sombreado, repleto de aleias margeadas por sebes aparadas e circundado por longos pergolados cobertos com videiras, debaixo das quais há bancos.

Também havia estufas, mas estão todas em ruínas agora.

Houve algum problema legal, creio, algo a ver com os herdeiros e coerdeiros. De qualquer modo, o lugar tem estado vazio há anos.

Receio que isso estrague a sensação fantasmagórica, mas não me importa. Há algo estranho na casa. Posso sentir.

Cheguei até a dizer isso a John em uma noite de luar, mas ele respondeu que havia sido uma corrente de ar o que eu sentira, e fechou a janela.

Às vezes sou dominada por uma raiva irracional contra John. Tenho certeza de que nunca fui tão sensível. Acho que é devido a meu estado de nervos.

Mas John diz que, se me sentir assim, posso perder o autocontrole. Portanto, luto para me controlar, ao menos quando estou com ele, e isso me deixa muito cansada.

Não gosto nem um pouco de nosso quarto de dormir. Eu queria ficar num quarto do andar de baixo que dá para o alpendre, com rosas enfeitando a janela e cortinas antigas de chita, muito bonitas! Mas John não quis nem discutir.

Disse que o cômodo tinha uma única janela e era pequeno demais para duas camas, e que tampouco havia outro quarto contíguo que ele pudesse ocupar.

Ele é muito atencioso e carinhoso, e não me deixa fazer nada sem sua supervisão.

Tenho prescrições detalhadas para cada hora do dia. Ele cuida de tudo por mim, e sinto-me mesquinha e ingrata por não valorizar mais tudo o que ele faz.

John disse que viemos para esta casa só por minha causa, para que eu tivesse repouso total e todo o ar puro possível.

– Para se exercitar, você depende de suas forças, minha querida – disse ele. – E a alimentação depende muito do apetite. Mas o ar você inspira o tempo todo.

Assim, nós nos instalamos no quarto das crianças,[1] que fica no andar de cima da casa.

É um aposento grande e espaçoso, que ocupa quase todo o andar, com janelas que se abrem para todas as direções, bem ventilado e iluminado pelo sol. Eu diria que primeiro foi um quarto de criança, depois um salão de jogos e então um ginásio, pois as janelas têm grades, daquelas utilizadas para proteger crianças pequenas, e nas paredes há argolas e coisas assim.

---

1. *Nursery*, no original em inglês. À época, era comum o uso de aposentos destinados a bebês e crianças no andar superior das casas de famílias mais abastadas.

A pintura e o papel de parede dão a impressão de que o lugar foi utilizado por uma escola para garotos. O papel de parede foi arrancado em grandes áreas ao redor da cabeceira de minha cama, mais ou menos até onde posso alcançar com as mãos, e também do outro lado do quarto, perto do assoalho. Em toda a minha vida, nunca vi papel de parede pior que este.

É uma dessas estampas espalhafatosas que se estendem para todos os lados e cometem todos os pecados artísticos possíveis.

É discreta o suficiente para confundir o olhar que tenta segui-la, e vistosa o bastante para causar uma irritação constante e instigar à sua análise. E se você acompanhar de uma certa distância as curvas oscilantes e pueris, de repente elas cometem suicídio, mergulhando em ângulos absurdos e autodestruindo-se em contradições inusitadas.

A cor é repulsiva, quase repugnante, um amarelo sujo e embaçado, desbotado de um modo estanho pela luz do sol em seu lento percurso.

Em alguns pontos é de um tom laranja sem graça, embora intenso, e em outros é de um tom sulfúreo doentio.

Não espanta que as crianças odiassem esse papel de parede! Eu também odiaria se tivesse que viver neste quarto por muito tempo.

John está vindo, e preciso guardar isto aqui. Ele detesta que eu escreva – uma palavra que seja.

Faz duas semanas que estamos aqui e, depois do primeiro dia, não tive mais vontade de escrever.

Estou agora sentada diante da janela, neste quarto horrendo, e não há nada que me impeça de escrever o quanto quiser, salvo a falta de forças.

John fica ausente o dia inteiro, e às vezes também passa a noite fora, quando está tratando de algum caso grave.

Fico aliviada por meu caso não ser grave!

Mas este problema dos nervos é muito deprimente.

John não sabe o quanto estou sofrendo. Ele sabe que não há um *motivo* para que eu sofra, e para ele isso já é o bastante.

É claro que são só os nervos. Mas me afeta de tal modo que não consigo cumprir de forma alguma minhas obrigações!

Queria muito poder ajudar John, propiciar-lhe tranquilidade e conforto, e cá estou, um verdadeiro peso morto!

Ninguém acreditaria no quanto preciso me esforçar para fazer o pouco de que sou capaz – vestir-me e conversar, e dar as ordens na casa.

Ainda bem que Mary cuida muito bem do bebê. Um bebê tão adorável!

Mas simplesmente não consigo ficar com ele, pois isso me deixa muito nervosa.

Acho que John nunca se sentiu nervoso em toda a sua vida. Ele ri de mim por causa deste papel de parede!

A princípio, ele pensou em trocar o papel de parede do quarto, mas depois disse que eu estava permitindo que aquilo me obcecasse, e que deixar-se dominar pelas fantasias é o pior que pode acontecer a um paciente que sofre dos nervos.

Ele disse que, depois que o papel de parede fosse trocado, eu me sentiria incomodada com aquela cama pesada, e depois com as grades das janelas, e depois com aquele portão no alto das escadas, e assim por diante.

– Você sabe que este lugar lhe faz bem – disse-me. – E francamente, querida, não quero fazer reformas em uma casa que alugamos por apenas três meses.

– Então vamos nos mudar lá para baixo – disse eu. – Há quartos muito bonitos no térreo.

Ele então me abraçou e me chamou de tolinha, e disse que desceria até o porão se eu lhe pedisse, e ainda o pintaria de branco.

Mas ele tem razão quanto às camas e janelas e essas coisas.

É o quarto mais amplo e confortável que alguém poderia desejar, e é claro que eu não seria tola a ponto de criar-lhe problemas por um simples capricho.

Na verdade, estou até começando a gostar deste grande quarto, exceto pelo papel horroroso.

Por uma das janelas posso ver o jardim, aqueles misteriosos pergolados de sombra tão densa, as flores exuberantes de uma outra época, e os arbustos e as árvores de galhos contorcidos.

Por outra, tenho uma vista adorável da baía e do pequeno ancoradouro particular que pertence à propriedade. Há uma bonita alameda sombreada que vai da casa ao ancoradouro. Sempre imagino ver pessoas andando pelos inúmeros caminhos e pergolados, mas John advertiu-me para jamais me deixar levar pela fantasia. Diz ele que, com a imaginação que tenho e com meu hábito de inventar histórias, este problema dos nervos com certeza vai provocar as fantasias mais extravagantes, e que portanto devo usar a força de vontade e o bom senso para refrear essa tendência. É o que tento fazer.

Às vezes, penso que, se pelo menos me sentisse bem e pudesse escrever um pouco, isso ajudaria colocar as ideias em ordem e me proporcionaria algum descanso.

Mas sempre fico cansada demais quando tento.

Desanima não ter ninguém para opinar sobre meu trabalho ou para acompanhá-lo. Quando estou bem, John diz que vamos convidar primo Henry e Julia para uma longa estada. Neste momento, porém, ele diz que por nada deste mundo ele permitiria que eu tivesse a companhia de pessoas que me deixam tão agitada.

Queria poder me recuperar mais depressa.

Mas não devo pensar nisso. Esta folha de papel me dá a impressão de saber a influência perniciosa que tem sobre mim!

Há um trecho que se repete no papel de parede, onde o desenho pende como um pescoço quebrado, e dois olhos esbugalhados e de cabeça para baixo nos olham fixamente.

Fico furiosa com sua impertinência e sua persistência. Para cima e para baixo e para o lado as linhas se espalham, e os olhos absurdos, que nunca piscam, estão por todo lado. Há um determinado ponto em que as duas faixas de papel não coincidem, e os pares de olhos repetem-se de cima a baixo, um deles mais alto que o outro.

Nunca vi tanta expressão em uma coisa inanimada, e todos nós sabemos quanta expressão as coisas podem ter! Quando criança, eu me deixava ficar na cama, observando as paredes vazias e os móveis tão normais, e conseguia divertir-me e aterrorizar-me muito mais do que a maioria das crianças em uma loja de brinquedos.

Lembro-me do modo bondoso como os puxadores de nossa grande cômoda antiga me olhavam, e havia uma grande cadeira maciça que sempre considerei minha amiga.

Eu costumava achar que, se algum outro móvel parecesse ameaçador, seria só me refugiar naquela cadeira e estaria segura.

Neste quarto, a única coisa errada com os móveis é que não combinam entre si, pois tivemos de trazê-los todos do andar de baixo. Acho que, quando transformaram o cômodo em salão de jogos, tiveram que tirar daqui tudo que havia antes, e não me admira que tenha sido necessário! Nunca vi estrago tão grande como o que as crianças fizeram aqui.

Como já disse, o papel de parede foi arrancado em vários lugares, embora ele esteja grudado à parede como unha e carne. Além de odiá-lo, as crianças deviam ser muito perseverantes.

Ainda, o assoalho está arranhado, esburacado e lascado, e até o reboco foi arrancado, aqui e ali. A cama enorme e pesada, única peça que já estava no quarto, parecia ter enfrentado alguma guerra.

Mas nada disso me incomoda, só mesmo o papel de parede.

A irmã de John está vindo. É uma garota tão adorável, e cuida tão bem de mim! Não posso permitir que ela me veja escrevendo.

É uma governanta perfeita e cheia de energia, e esta profissão é tudo o que ela deseja. Tenho certeza de que ela acredita que foi o fato de escrever o que me deixou doente.

Mas posso escrever enquanto ela está lá fora e posso avistá-la pelas janelas, bem distante da casa.

De uma das janelas contempla-se a estrada, uma via adorável, sombreada e sinuosa, e outra janela dá vista para o campo. Este é também adorável, repleto de olmos e de prados aveludados.

Este papel de parede tem uma espécie de estampa secundária por trás da principal, num tom diferente e particularmente irritante, pois só pode ser vista sob certo tipo de luz, e ainda assim sem muita nitidez.

No entanto, nos lugares onde não esmaeceu, e onde o sol bate de um certo ângulo, posso ver uma espécie de vulto estranho, insolente e disforme, que parece esgueirar-se por trás da estúpida e chamativa estampa da frente.

Lá vem a irmã de John, subindo as escadas!

Pois bem, o Quatro de Julho passou! As visitas se foram, e estou exausta. John achou que um pouco de companhia talvez fosse bom para mim, e minha mãe e Nellie e as crianças vieram ficar conosco por uma semana.

É claro que não fiz absolutamente nada. Jennie é quem cuida de tudo, agora.

Mas fiquei cansada do mesmo jeito.

John diz que, se eu não me recuperar mais depressa, no outono ele vai me mandar para o doutor Weir Mitchell.[2]

Mas não quero ir, de jeito algum. Uma amiga minha foi tratada por ele e contou que ele é igual a John e a meu irmão, só que pior.

Além do mais, não é nada fácil fazer uma viagem tão longa.

Não acho que valha a pena tentar fazer qualquer coisa, e estou ficando mal-humorada e cheia de queixas.

Choro por qualquer coisa, e quase o tempo todo.

Claro, não choro na frente de John ou de outras pessoas, só quando estou sozinha.

Passo muito tempo sozinha agora. Com frequência, John é retido na cidade por pacientes em estado grave, e Jennie é compreensiva e me deixa sozinha quando lhe peço.

Assim, caminho um pouco pelo jardim ou por aquela alameda adorável, sento-me no alpendre sob as rosas e passo muito tempo aqui em cima deitada.

Estou realmente gostando cada vez mais deste quarto, apesar do papel de parede. Ou talvez seja *por causa* dele.

Ele não sai de minha mente!

Fico deitada aqui, nesta cama enorme, que não sai do lugar porque deve estar pregada ao assoalho, e meu olhar acompanha a estampa por horas a fio. Garanto que é tão bom quanto fazer ginástica. Começo pela parte de baixo, por exemplo, naquele canto ali onde o papel não foi danificado, e determino pela milésima vez

2. Silas Weir Mitchell (1829-1914) foi o médico que submeteu Charlotte Perkins Gilman ao tratamento de cura pelo descanso; segundo ela, isso quase a levou à loucura. Ela afirmou, ainda, ter escrito o conto na esperança de que Mitchell mudasse a forma de tratar seus pacientes, sobretudo as mulheres.

que *vou* seguir essa estampa sem sentido até chegar a algo que pareça um final.

Conheço um pouco dos fundamentos de *design*, e sei que esta estampa não segue nenhum padrão de radiação, alternância, repetição, simetria e nem nada de que eu já tenha ouvido falar.

Ela se repete, claro, de uma faixa de papel a outra, e é só.

Olhando de forma a enxergar de forma independente cada faixa de papel, os floreios e curvas arredondadas – num estilo que poderia ser definido como "romanesco decadente" com *delirium tremens* – contorcem-se para cima e para baixo em colunas isoladas de fútil vaidade.

Por outro lado, porém, elas se conectam diagonalmente, e as silhuetas repetem-se em grandes ondas oblíquas de horror visual, como emaranhados de algas marinhas que rolam apressados, uns atrás dos outros.

A coisa toda também se estende horizontalmente, ou ao menos parece fazê-lo, e fico exausta tentando discernir o padrão que segue nessa direção.

Ainda por cima, uma faixa horizontal do mesmo papel de parede foi usada como friso, aumentando ainda mais todo o caos.

Há um canto do aposento que está quase intacto, e ali, quando esmaece a iluminação indireta e o sol baixo do crepúsculo bate direto no local, quase consigo imaginar, afinal, uma certa radiação. Os intermináveis ornamentos rebuscados parecem organizar-se ao redor do centro comum e precipitar-se em mergulhos de cabeça, igualmente confusos.

Cansa-me acompanhar o desenho. Vou tirar um cochilo, acho.

Não sei por que deveria escrever isto.

Não quero.

Não me sinto capaz.

E sei que John acharia um absurdo. Mas *preciso* expressar de algum modo o que sinto e penso, pois isso me alivia muito!

Contudo, o esforço parece estar ficando maior que o alívio.

Agora, passo metade do tempo na cama, com uma preguiça imensa.

John diz que não devo perder as forças, e me dá óleo de fígado de bacalhau e montes de tônicos e coisas assim, além da cerveja *ale*, do vinho e da carne malpassada.

Meu querido John! Ele me ama tanto, e odeia ver-me doente. Outro dia tentei ter uma conversa de verdade, franca e sensata com ele, e dizer-lhe o quanto gostaria que me deixasse ir visitar o primo Henry e Julia.

Mas ele disse que eu não estava em condições de ir, e que não ia aguentar ficar lá. Não consegui argumentar a meu favor, pois caí no choro antes de terminar.

Está difícil pensar com clareza, isso requer muito esforço. Devem ser os nervos.

Então John, tão solícito, tomou-me em seus braços, subiu as escadas comigo no colo e me colocou na cama. Sentando-se a meu lado, leu para mim até que minha cabeça ficou cansada.

Disse que eu era sua querida e seu conforto e tudo que ele tinha, e que eu devia me cuidar, por ele, e ficar boa.

Ele diz que ninguém, a não ser eu mesma, pode me ajudar a sair disto, que devo usar a força de vontade e o autocontrole e não me deixar levar por fantasias tolas.

Uma coisa me consola: o bebê está bem e feliz, e não precisa ficar neste quarto, com este papel de parede horroroso.

Se não estivéssemos neste cômodo, a pobre criança estaria aqui. Que sorte teve! Ah, por nada deste mundo eu deixaria que um filho meu, uma criaturinha sensível, ficasse num quarto como este.

Não tinha pensado nisso antes, mas no fim das contas é uma sorte que John tenha me deixado aqui. Veja bem, posso suportar este lugar muito melhor do que um bebê.

É claro que já não comento mais nada com eles, pois não sou boba. Porém continuo vigiando o papel de parede.

Há coisas nele que ninguém além de mim sabe e nunca saberá.

Por trás da estampa externa, os vultos indistintos ficam mais nítidos, dia após dia.

É sempre o mesmo vulto, só que muito numeroso.

E parece uma mulher curvada para diante, que rasteja por trás da estampa da frente. Não gosto nem um pouco disso. Fico imaginando... Começo a pensar... Queria que John me tirasse daqui!

É difícil falar com John sobre meu caso, porque ele sabe muita coisa, e porque me ama muito.

Mas na noite passada eu tentei.

Era uma noite de luar. A lua ilumina todo o quarto, exatamente como o sol durante o dia.

Às vezes, odeio vê-la. Ela se move muito devagar, e sempre está brilhando através de uma das janelas.

John estava dormindo, e eu não queria acordá-lo. Assim, continuei imóvel, observando o luar sobre o papel de parede ondulante, até sentir um sobressalto.

O vulto indistinto da mulher pareceu sacudir a estampa à sua frente, como se estivesse querendo sair.

Levantei-me em silêncio e fui tocar o papel e ver se ele tinha *mesmo* se movido. Quando voltei, John estava acordado.

– Que foi, garotinha? – disse ele. – Não saia andando por aí desse jeito, vai apanhar uma friagem.

Achei que seria um bom momento para conversar, e disse-lhe que este lugar não estava me fazendo melhorar, e que queria que ele me levasse embora daqui.

– Mas, meu amor, nosso aluguel só termina daqui a três semanas, e não vejo como ir embora antes – respondeu ele. – A reforma de nossa casa ainda não acabou, e não posso sair da cidade neste momento. Eu poderia, é claro, e o faria, se você estivesse correndo algum risco, mas você realmente está melhorando, querida, mesmo que não note. Sou médico, querida, e sei disso. Você está ganhando peso e ficando mais corada, e seu apetite está melhor. Estou bem mais tranquilo quanto a você, de verdade.

– Não ganhei nada de peso, e acho que até emagreci – protestei. – E meu apetite pode estar melhor de noite, quando você está aqui, mas piorou durante a manhã, quando você fica fora.

– Que Deus a abençoe! – exclamou ele, abraçando-me com força. – Ela pode ficar tão doente quanto quiser! Mas agora vamos usar bem nosso tempo e voltar a dormir, e falaremos sobre isso pela manhã.

– E você vai ficar em casa? – perguntei contrariada.

– De que jeito, querida? Só mais três semanas, e então faremos uma linda viagem de alguns dias, enquanto Jennie arruma a casa para nos receber. Sério, querida, você está melhor!

– O corpo talvez esteja... – comecei, interrompendo-me quando ele sentou-se ereto e me fitou com uma expressão tão severa de reprovação que não consegui dizer mais nada.

– Meu amor – disse ele. – Eu lhe imploro, pelo meu bem e pelo bem de nosso filho, e também pelo seu, que você jamais, nem por um instante, deixe essa ideia entrar em sua cabeça! Não existe nada mais perigoso e mais fascinante para um temperamento como o seu. É uma tolice sem fundamento algum. Você não confia em mim, como médico, quando digo isso?

Então, é claro que não falei mais daquilo, e logo depois fomos dormir. Ele pensou que eu havia adormecido, mas fiquei acordada durante horas, tentando decidir se a estampa da frente e a de trás se moviam juntas ou separadas.

Numa estampa como esta, à luz do dia, percebe-se uma falta de continuidade, um desafio às normas que constitui uma irritação constante para uma mente normal.

A cor, indefinida e irritante, por si só já é horrível, mas a estampa é uma tortura.

Quando você acha que já a compreendeu, e consegue acompanhá-la por um bom trecho, de repente ela vira uma cambalhota para trás e pronto. Ela dá um tapa na sua cara, joga você no chão e sapateia em cima. É como um pesadelo.

A estampa externa é um arabesco florido que faz lembrar um fungo. Se você consegue imaginar cogumelos unidos uns aos outros, uma cadeia interminável de cogumelos, brotando e crescendo em infindáveis circunvoluções... Bom, é algo parecido com isso.

Quer dizer, às vezes!

Este papel tem uma particularidade notável, algo que só eu consigo perceber: ele muda conforme a luz.

Quando o sol surge através da janela de leste – sempre fico à espera do primeiro raio, longo e retilíneo –, o papel muda tão depressa que mal posso crer.

É por isso que eu o observo o tempo todo.

Ao luar – quando há lua, ela ilumina o quarto a noite toda –, eu poderia achar que se trata de outro papel.

De noite, sob qualquer tipo de iluminação, seja a do sol do crepúsculo, de velas, do lampião e, a pior de todas, da luz da lua, ele se transforma em grades! Ou melhor, a estampa externa se transforma, e a mulher que está por trás dela fica bem visível.

Por muito tempo não pude distinguir o que era a coisa que aparecia por trás – aquela estampa secundária pouco nítida –, mas agora tenho quase certeza de que é uma mulher.

Durante o dia ela permanece contida, quieta. Fico imaginando que é a estampa que a mantém tão tranquila. É muito intrigante. Isso me mantém quieta horas a fio.

Agora passo a maior parte do tempo deitada. John diz que é bom para mim, e que devo dormir o máximo possível.

Ele inclusive adquiriu o hábito de me fazer deitar por uma hora após cada refeição.

É um hábito muito ruim, tenho certeza, pois na verdade eu não durmo.

E isso alimenta a mentira, pois não conto a eles que fico acordada. Oh, não!

O fato é que estou ficando com um pouco de medo de John.

Ele às vezes parece muito estranho, e até Jennie está com uma aparência esquisita.

Ocasionalmente penso, apenas como hipótese científica, que talvez seja por causa do papel!

Tenho observado John quando ele não percebe que estou olhando, e, ao entrar no quarto de repente, sob os pretextos mais inocentes, várias vezes o encontrei *olhando para o papel*! E Jennie também. Uma vez eu a flagrei com a mão no papel de parede.

Ela não sabia que eu estava no quarto, e, quando lhe perguntei com voz bem tranquila, controlando-me ao máximo, o que estava fazendo, ela se virou como se tivesse sido pega roubando e pareceu muito brava. Perguntou por que eu precisava assustá-la daquela maneira.

Disse-me então que o papel manchava tudo que tocava, que ela havia encontrado manchas em todas as minhas roupas e nas roupas de John, e que gostaria que tomássemos mais cuidado.

Não soou bem inocente? Entretanto, sei que ela estava analisando a estampa, e estou decidida a não deixar que ninguém, além de mim, descubra nada!

A vida está muito mais emocionante agora do que costumava ser. Veja bem, tenho alguma coisa pela qual esperar, pela qual ansiar, para observar. Alimento-me melhor e estou mais tranquila do que antes.

John está tão satisfeito por perceber minha melhora! Um dia desses, ele riu e disse que eu parecia estar vicejando, apesar de meu papel de parede.

Respondi com uma risada. Não tenho intenção de contar-lhe que é justamente *por causa* do papel de parede. Ele iria rir de mim. Poderia até querer me levar embora.

Agora não quero sair desta casa antes de descobrir tudo. Tenho mais uma semana, e acho que será suficiente.

Sinto-me bem melhor. Não durmo bastante à noite, porque é muito interessante acompanhar os acontecimentos. Porém durmo bastante de dia.

Durante o dia, tudo é cansativo e desconcertante.

Sempre surgem brotos novos nos fungos, e novos tons de amarelo aparecem por todo lado. Não dou conta de acompanhar todas as mudanças, embora tenha tentado com afinco.

O amarelo desse papel de parede é estranho demais! Ele me faz pensar em todas as coisas amarelas que já vi. Não as coisas belas, como flores silvestres, mas coisas amarelas velhas, ruins e podres.

Esse papel tem outra coisa que chama atenção. O cheiro! Eu o percebi assim que entramos no quarto, mas com ventilação e sol abundantes não era desagradável. Agora que tivemos uma semana de nevoeiros e de chuva, esse cheiro se faz presente, estejam as janelas abertas ou fechadas.

Ele se espalha por toda a casa.

Eu o encontro pairando na sala de jantar, esgueirando-se na sala de estar, escondendo-se no vestíbulo, à minha espera na escada.

Ele se impregna em meu cabelo.

Mesmo quando saio para andar a cavalo, se viro a cabeça de repente e o surpreendo, lá está esse cheiro!

E é um odor muito peculiar! Já passei horas analisando-o, tentando descobrir com que se parece.

Não é ruim, pelo menos no começo, e é muito suave, mas é de fato o cheiro mais sutil e mais persistente que já encontrei.

Neste tempo úmido, é horrível. Acordo no meio da noite e o encontro pairando sobre mim.

No início, esse cheiro me perturbava. Pensei seriamente em atear fogo à casa, para acabar com ele.

Entretanto agora me acostumei. A única coisa em que consigo pensar é que ele é igual à cor do papel. Um cheiro amarelo.

Há uma marca muito curiosa nas paredes, bem baixa, próxima ao rodapé. É uma faixa que dá a volta no quarto. Ela passa por trás de todos os móveis, exceto a cama; uma nódoa longa, reta e uniforme, onde o papel parece ter sido esfregado de novo e de novo.

Fico pensando como foi feita e por quem, e para que a fizeram. Ela dá voltas e voltas e voltas, voltas e voltas e mais voltas, e me deixa tonta!

Finalmente consegui descobrir algo.

Observando com atenção durante a noite, quando o papel muda tanto, finalmente descobri.

A estampa da frente *de fato* se move. E não é para menos, pois é a mulher que está por trás dela que a sacode!

Às vezes acho que há muitas mulheres ali atrás, e às vezes acho que é só uma, que dá voltas rastejando muito depressa, e cujo movimento sacode a estampa.

Nos lugares bem iluminados, ela se aquieta, e nos cantos escuros ela agarra as grades e as chacoalha com força.

E o tempo todo tenta atravessar a estampa. Mas ninguém consegue atravessá-la, porque ela estrangula quem tenta. Acho que é por isso que tem tantas cabeças.

Elas atravessam, são estranguladas pela estampa, e ela as pendura para baixo e deixa brancos os olhos.

Se as cabeças estivessem cobertas ou fossem arrancadas, não seria tão ruim.

Acho que a mulher sai durante o dia!

Aqui entre nós, vou lhe dizer por que acho isso. Eu a vejo!

Posso vê-la através de cada uma de minhas janelas.

É a mesma mulher; eu sei porque ela está sempre rastejando, e a maioria das mulheres não rasteja durante o dia.

Vejo-a na longa alameda sombreada, rastejando para cima e para baixo. Vejo-a nas sombrias pérgolas cobertas de videiras, rastejando ao redor do jardim.

Vejo-a rastejando pela longa estrada, à sombra das árvores, e quando alguma carruagem se aproxima, ela se esconde sob a ramagem das amoreiras silvestres.

Não a culpo nem um pouco por fazer isso. Deve ser humilhante demais ser pega rastejando em plena luz do dia!

Sempre tranco a porta quando rastejo de dia. Não posso fazer isso à noite, porque sei que John logo suspeitaria de algo.

E John anda tão estranho agora, que não quero irritá-lo. Gostaria que ele se mudasse para outro quarto! Além disso, não quero que ninguém além de mim tire a mulher de lá à noite.

Com frequência, pergunto-me se eu conseguiria vê-la lá fora por todas as janelas ao mesmo tempo.

No entanto, por mais rápido que me vire, só consigo vê-la por uma janela de cada vez.

E, embora eu sempre a veja, ela *talvez* seja capaz de rastejar mais depressa do que posso me virar!

Algumas vezes eu a vi ao longe, em campo aberto, rastejando tão rápido quanto a sombra de uma nuvem soprada por um vento forte.

Se ao menos fosse possível separar a estampa da frente da estampa de trás! Planejo tentar, pouco a pouco.

Descobri outra coisa curiosa, mas desta vez não vou contar! Não é bom confiar demais nas pessoas.

Tenho só mais dois dias para arrancar este papel, e creio que John está começando a perceber. Não gosto da expressão nos olhos dele.

E ouvi quando ele fez a Jennie um monte de perguntas profissionais a meu respeito. Em resposta, ela lhe fez um relatório muito bom.

Ela disse que eu dormia muito durante o dia.

John sabe que não durmo bem à noite, embora eu fique muito quieta!

Ele me fez todo tipo de pergunta, também, e fingiu estar sendo carinhoso e gentil.

Como se eu não soubesse suas intenções.

No entanto, não me surpreende que esteja agindo assim, depois de três meses dormindo sob este papel de parede.

Só eu me interesso pelo papel, mas tenho certeza de que John e Jennie estão sendo secretamente afetados por ele.

Viva! Este é o último dia, mas é suficiente. John passou a noite na cidade, e não deve voltar até o anoitecer.

Jennie queria dormir comigo. Que dissimulada! Mas eu lhe disse que, sem dúvida, eu descansaria melhor se passasse a noite sozinha.

Fui esperta ao dizer isso, porque na verdade não fiquei sozinha, de forma alguma! Assim que a lua iluminou o quarto, e aquela pobre criatura começou a rastejar e sacudir a estampa, levantei-me e fui correndo ajudá-la.

Eu puxava e ela sacudia, eu sacudia e ela puxava, e antes do amanhecer havíamos arrancado metros e metros do papel.

Uma faixa até mais ou menos a altura de minha cabeça, dando a volta em metade do quarto.

E quando o sol nasceu, e essa estampa horrível começou a rir de mim, declarei que hoje acabaria com ela.

Vamos embora amanhã, e estão levando os móveis lá para baixo de novo, para deixar tudo como estava antes.

Jennie olhou espantada para a parede, mas eu lhe disse alegremente que fiz isto por puro ódio daquela coisa horrenda.

Ela riu e disse que até ela poderia ter feito o mesmo, mas que eu não deveria ficar me cansando.

Como ela se traiu nesse momento!

Mas estou aqui, e pessoa alguma além de mim toca neste papel – pessoa alguma que esteja *viva*.

Ela tentou me tirar do quarto, isso ficou bem evidente. Porém eu disse que estava tão tranquilo agora, tão vazio e limpo, que talvez eu me deitasse de novo, para dormir o máximo possível. E que ela não me despertasse nem para jantar. Eu a chamaria quando acordasse.

Assim, agora ela se foi, e os criados se foram, e as coisas se foram, e não ficou nada além desta grande cama presa ao assoalho, com o colchão de lona que encontramos sobre ela.

Vamos dormir lá embaixo esta noite, e tomar o barco para casa amanhã.

Gosto muito deste quarto, agora que está vazio de novo.

Que estrago aquelas crianças fizeram aqui!

A cama está toda roída!

Mas devo colocar mãos à obra.

Tranquei a porta e joguei a chave lá embaixo, no caminho de entrada da casa.

Não quero sair daqui e não quero que ninguém entre até que John chegue.

Quero surpreendê-lo.

Tenho uma corda que nem Jennie conseguiu encontrar. Se a mulher sair e tentar escapar, posso amarrá-la!

Mas eu me esqueci de que não posso alcançar muito alto sem ter onde subir.

Esta cama não sai do lugar!

Tentei erguê-la e empurrá-la até ficar exausta, e então me enfureci tanto que arranquei com dentadas um pedaço de um dos cantos, mas isso fez meus dentes doerem.

Então arranquei todo o papel que consegui alcançar estando de pé sobre o piso. Está muito bem colado, e a estampa se diverte. Todas as cabeças estranguladas e os olhos esbugalhados e os fungos que se contorcem dão gritos de escárnio!

Estou ficando tão furiosa que posso fazer algo desesperado. Pular pela janela seria um ato admirável, mas as grades são tão fortes que não vou nem tentar.

Além do mais, eu não faria isso. Claro que não. Sei muito bem que seria algo impróprio, que poderia ser mal interpretado.

Não gosto nem de olhar pelas janelas... Há muitas dessas mulheres que rastejam, e elas rastejam muito depressa.

Será que todas saíram do papel de parede, assim como eu?

Mas agora estou bem amarrada com a corda que eu escondera tão bem. Ninguém vai me levar para a estrada lá fora!

Imagino que vou ter de voltar para trás da estampa quando anoitecer, e vai ser muito difícil!

É tão agradável estar livre neste quarto enorme e rastejar ao redor dele à vontade!

Não quero sair. Não vou sair, nem que Jennie peça.

Lá fora a gente tem de rastejar na terra, e tudo é verde em vez de amarelo.

Mas aqui posso rastejar pelo assoalho liso, e meu ombro se encaixa direitinho naquela faixa que dá a volta nas paredes, e assim eu não me perco.

Ora, John está à porta!

Não adianta, meu jovem, você não vai conseguir abri-la.

Como ele berra e esmurra!

Agora está clamando por um machado.

Seria uma pena destruir essa porta tão bonita!

– John, querido! – disse eu, numa voz muito suave. – A chave está lá embaixo, junto à escada da frente, debaixo de uma folha de tanchagem!

Isso o silenciou por alguns instantes.

Então ele disse bem baixinho:

– Abra a porta, minha querida!

– Não posso – respondi. – A chave está lá embaixo, junto à escada da frente, debaixo de uma folha de tanchagem!

E então disse isso de novo, várias vezes, suavemente e devagar, e tanto repeti que ele foi lá ver e conseguiu encontrá-la, claro, e entrou no quarto. Ele parou assim que cruzou a porta.

– O que está acontecendo? – gritou. – Pelo amor de Deus, o que você está fazendo?

Continuei rastejando, sem me deter, mas olhei para ele por cima do ombro.

– Finalmente consegui sair, apesar de você e de Jane! – eu lhe respondi. – E arranquei a maior parte do papel, para que vocês não possam colocar-me lá de volta!

Ora, mas por que teria aquele homem desmaiado? No entanto ele desmaiou, e bem no meu caminho ao longo da parede, e por isso tive de rastejar por cima dele cada vez que passava!

A CADEIRA DE BALANÇO

(1893)

Um ponto de luz do sol oscilando, um sinal luminoso que de imediato atraía o olhar, em meio à aridez de tantas casas banais na triste penumbra de uma estreita rua urbana.

Por cima de um telhado mais baixo, que abria uma brecha na muralha de alvenaria, projetava-se um brilhante raio horizontal do sol que se punha, banhando os cabelos dourados de uma garota em uma janela aberta.

Ela estava sentada em uma cadeira de balanço de espaldar alto com guarnições de latão que reluziam enquanto ela se balançava para frente e para trás, sem nunca erguer a cabeça, iluminando a rua com o halo de seu cabelo refulgente de sol.

Nós dois paramos para contemplá-la e, nessa contemplação, avistamos um pequeno aviso em uma janela mais abaixo – "alojamentos mobiliados". Num mesmo impulso, cruzamos a rua e batemos à modesta porta de entrada.

Passos lentos e regulares aproximaram-se pelo lado de dentro, e um suave riso de menina interrompeu-se de repente quando a porta se abriu, mostrando-nos uma mulher velha, com face inexpressiva e sem vida e olhos esmaecidos.

Sim, ela dispunha de quartos para alugar. Sim, podíamos vê-los. Não, não havia serviço de quarto. Não, não havia refeições. Murmurando em tom monótono as respostas, ela nos conduziu ao andar de cima. Era uma casa bastante comum, situada em uma rua um tanto pobre e sem nada que a destacasse ou que a distinguisse das outras na vizinhança.

Ela nos mostrou dois cômodos conectados entre si, nem melhores nem piores que a maioria de seu tipo, cômodos sem qualquer característica marcante salvo a grande cadeira ornada com latão que encontramos ainda balançando suavemente diante da janela.

No entanto a garota de cabelos dourados não estava em nenhum lugar à vista.

Imaginei ter ouvido o leve roçar de vestes juvenis no aposento interno e um sopro daquele riso baixinho, mas a porta que dava para esse apartamento estava trancada. Quando perguntei à mulher se podíamos ver os outros quartos, ela respondeu que não havia mais nenhum para alugar.

Depois de trocarmos algumas palavras à parte, Hal e eu decidimos alugar os quartos e mudar-nos de imediato. Não havia motivo para não fazermos isso. Estávamos em busca de acomodações quando aquele raio de sol oscilante atraiu nosso olhar, e aqueles cômodos eram o melhor que estava ao nosso alcance. Assim, fechamos o negócio na hora, voltamos para nossa pensão deserta para pegar nossas poucas posses e naquela mesma noite nos instalamos na nova moradia.

Hal e eu éramos jornalistas iniciantes, ganhávamos por linha escrita, e integrávamos aquela hoste de aspirantes batalhadores que representavam para a literatura o mesmo que escudeiros e pajens significavam para os cavaleiros do passado. Estávamos tentando ganhar reconhecimento. Até então, era um processo demorado, desagradável e mal-remunerado – como acontecia com escudeiros e pajens, tenho certeza. Trabalho servil e muito afinco para polir armaduras; longos percursos a pé, acompanhando o mestre em seu cavalo. Contudo o escudeiro poderia ao menos prestar honras a seu mestre e líder, enquanto nós, ah!, poucas honras prestávamos àqueles que estavam acima de nós em nossa profissão, e tínhamos nossas boas razões. Nós, é claro, faríamos coisas muito mais nobres quando tivéssemos reconhecimento!

Bem, pode ter sido por um mero instinto literário; a busca por "material" dos escritores da época, que escreviam qualquer coisa para sobreviver. Ou pode ter sido outro tipo de instinto, uma atração inconsciente pela bela desconhecida. Qualquer que tenha sido a razão, porém, o lugar nos atraíra, e ali estávamos.

Éramos unidos por uma amizade antiga, iniciada na tenra infância e reforçada pelo fato de Hal ser um sujeito animado, prático, lúcido, enquanto eu era sensível e romântico.

Compartilhávamos a sinceridade confiante da convivência familiar, mas com o direito garantido de guardarmos nossos segredos, e assim conseguíamos manter nosso afeto livre de tensões.

Examinamos com interesse os novos aposentos. Hal ficou com o quarto da frente, amplo e pouco mobiliado. Eu fiquei com o quarto dos fundos, pequeno e pouco mobiliado.

Ele preferiu aquele quarto, tenho certeza, por causa da janela e da cadeira. Eu preferi o outro por causa da porta trancada. Nenhum de nós mencionou seus motivos.

– Você não quer mesmo ficar com este quarto? – perguntou Hal, talvez consciente das segundas intenções em sua escolha.

– Não, fique tranquilo – respondi, com igual reticência. – Você só tem a rua, e de minha janela tenho uma "vista" de verdade. Só invejo a cadeira de balanço!

– Pode usá-la quando quiser, de dia ou de noite – respondeu ele, generoso. – Não parece, mas ela é muito confortável.

Ela era de fato confortável, e nós dois a usávamos bastante. Tinha o espaldar bem alto, um pouco curvado na parte de cima, com pesados cantos quadrados. Tais cantos eram adornados em latão, assim como as pontas das bases curvas sobre as quais a cadeira balançava, as grandes saliências pontudas nas pontas dos braços e qualquer outra ponta ou ângulo.

– Daria para usar como um aríete! – exclamou Hal.

Sentado diante da janela, fumando, ele se balançava lentamente e satisfeito. Eu estava acomodado aos pés da cama e acompanhava a pálida lua crescente que descia devagar por trás dos telhados a oeste.

Por fim, ela desapareceu, e o quarto mergulhou aos poucos na penumbra, até que eu só podia distinguir a elegante cabeça de Hal e o encosto curvo da cadeira indo e vindo, recortados contra o céu escuro.

– O que nos trouxe aqui de forma tão súbita, Maurice? – perguntou ele, na escuridão.

– Três coisas – respondi. – Nossa necessidade de acomodações, a conveniência destes quartos e os belos cabelos dourados.

– Correto – concordou ele. – Algo mais?

– Nada cuja existência você admitiria, meu amigo de lógica inabalável. Mas tenho plena consciência de uma certa compulsão, ou ao menos atração, no caso, que não parece ter uma explicação totalmente plausível, nem mesmo uma cabeleira loura.

– Desta vez tenho que concordar com você – disse Hal. – Sinto a mesma coisa, e olhe que não sou uma pessoa impressionável.

Ficamos em silêncio durante algum tempo. Posso ter fechado os olhos. Talvez tenha sido mais tempo do que pensei, mas pareceu-me que apenas um instante havia se passado quando algo roçou de leve meu braço, e Hal, em sua grande cadeira, estava balançando a meu lado.

– Desculpe – disse-me, vendo que eu levara um susto. – Esta cadeira evidentemente "caminha", como já vi outras fazerem.

Eu também já havia visto cadeiras de balanço "caminharem" sobre tapetes, mas não havia tapetes ali, e eu achava que estava acordado.

Ele puxou o pesado móvel de volta para a janela e fomos dormir.

Nossa porta ficou aberta, e podíamos conversar de um quarto a outro, mas caí no sono e dormi profundamente até a manhã seguinte. Ele deve ter tido sonhos muito vívidos, pois me acusou de ter passado metade da noite balançando em sua cadeira. Disse que podia ver minha silhueta recortada claramente contra a luz das estrelas.

– Não, você sonhou – respondi. – Você ficou com a cadeira de balanço na mente.

– Então foi um sonho – ele respondeu bem-humorado. – É melhor um pesadelo do que uma contradição, um vampiro do que uma discórdia! Venha, vamos tomar o café da manhã!

À medida que os dias passavam, ficamos surpresos por não voltarmos a ver a jovem de cabelos dourados que nos encantara. Mas guardamos silêncio sobre nossa surpresa sem comentar nada um com o outro.

Às vezes, eu ouvia seus movimentos leves no cômodo vizinho ao meu, ou um riso suave em algum lugar da casa. Mas os passos lentos e regulares da mãe eram mais frequentes, e mesmo ela nem sempre estava à vista.

Até onde sei, tanto Hal como eu só víamos a garota quando olhávamos da rua para dentro da casa, pois ela continuava fazendo uso de nossa cadeira diante da janela. Isso nos desagradava, ainda mais porque deixávamos as portas trancadas, e a presença dela atestava a posse de outra chave. Não. Havia a porta em meu quarto! Mas nada falei sobre isso. Dadas as circunstâncias, não fizemos qualquer reclamação, e costumávamos apressar-nos furtiva e rapidamente escada acima, na esperança de surpreendê-la. Mas nunca conseguíamos. Muitas vezes, encontrávamos a cadeira ainda balançando, e em algumas ocasiões eu pensava sentir um tênue odor adocicado no ar, um estranho odor triste e sugestivo. Um dia, porém, quando achei que Hal estava lá, entrei de repente, sem cerimônia, e peguei-a de surpresa. Foi apenas um vislumbre, um movimento ligeiro, leve e silencioso, e ela desapareceu, indo para meu próprio quarto. Fui atrás dela para pedir desculpas por minha entrada abrupta, mas era tarde demais. A porta estava trancada de novo.

Pelo visto, a bela filha de nossa senhoria era muito tímida quando pega em flagrante, mas tinha uma insólita predisposição a tomar liberdades em nossa ausência.

De todo jeito, eu conseguira vê-la, e por aquela visão eu seria capaz de perdoar muita coisa. Ela tinha uma beleza estranha, infinitamente atraente, mas igualmente desconcertante. Admirei-me em segredo e ansiei com doloroso fervor por outro encontro. Mas não contei a Hal que a tinha surpreendido. Não parecia justo para com a garota! Talvez ela tivesse alguma boa razão para ir lá. Quem sabe eu poderia encontrá-la outra vez.

Assim, passei a voltar mais cedo para casa, por um motivo ou outro, e a inventar todo tipo de pretexto para entrar no quarto quando Hal não estava.

Houve um sem-fim de ocasiões em que, achando que ele estaria no centro, tive a surpresa de encontrá-lo no quarto, e notei algo meio forçado em suas explicações desnecessárias. Comecei então a me questionar se ele também não estaria na mesma busca que eu.

Logo tive certeza disso. Cheguei à esquina da rua, num certo fim de tarde, exatamente ao pôr do sol, e... Sim, lá estava o movimento rítmico dos cabelos claros, emoldurados pela escuridão da janela aberta. E lá estava também Hal, na rua, embaixo da janela. A garota olhou para fora e sorriu. Ele entrou e subiu as escadas.

Apertei o passo. Tive tempo de ver o movimento da cadeira parar e a cabeça loura virar-se na direção de Hal, parado atrás dela, nas sombras.

Passei reto pela porta da casa, desci a rua, caminhei uma hora, duas horas. Comi uma janta tardia em um lugar qualquer e retornei na hora de dormir com uma sensação cortante e amarga no coração, que tentei em vão racionalizar. Ele tinha tanto direito quanto eu de encontrar-se com ela, e seria difícil argumentar em contrário, mas ainda assim eu me sentia estranhamente magoado com ele.

Quando voltei, a luz brilhava por trás da cortina branca, e a sombra da grande cadeira projetava-se nela, imóvel. Outra sombra passou. Hal, fumando. Subi.

Ele me saudou efusivamente e me perguntou por que eu estava chegando tão tarde. Onde eu havia jantado. O bom humor dele era excessivo. Houve uma repentina e terrível sensação de segredo entre nós. Porém ele não me contou nada, e eu não perguntei, e fomos dormir em silêncio.

Eu o culpava por não dizer nada sobre nosso louro mistério, mas eu também não lhe contara sobre meu próprio encontro. Atormentei o cérebro com questões sobre o quanto ele a havia visto de fato, se ela havia lhe falado, o que ela dissera, quanto tempo havia ficado.

Virei na cama a noite toda, e Hal também estava insone, pois eu o ouvi balançando na cadeira durante horas, diante da janela, ao lado da cama, perto de minha porta. Nunca soube de uma cadeira de balanço que "caminhasse" tanto quanto aquela.

Perto do amanhecer, o rangido e o movimento constantes foram demais para meus nervos e para meu humor.

– Pelo amor de Deus, Hal, pare com isso e vá para a cama!

– O quê? – respondeu uma voz sonolenta.

– Chega de brincadeira! – exclamei. – Não preguei o olho esta noite porque você não parou de balançar. Agora pare e vá para a cama.

– Ir para a cama? Passei a noite toda na cama e queria que você também tivesse passado! Você não consegue usar a cadeira sem me culpar por isso?

E o tempo todo eu o ouvia balançar, balançar, balançar perto da porta que dava para o corredor!

Levantei-me furtivamente e entrei no quarto, no intuito de surpreender o inoportuno engraçadinho e condená-lo no ato.

Os dois cômodos estavam banhados por uma tênue fosforescência do luar refletido. Eu os conhecia até no escuro, mas mesmo assim tropecei perto da porta e caí com tudo no chão.

Hal saiu da cama de imediato e acendeu uma luz.

– Machucou-se, meu caro jovem?

Eu havia me machucado, e a culpa era toda dele, pois a cadeira não estava onde deveria, mas perto da porta do meu quarto. Ele devia tê-la deixado ali para pular na cama quando me ouviu vindo. Assim, não foi de forma amável que recusei seu oferecimento para me ajudar, e voltei mancando para meu travesseiro insone. Eu havia batido o tornozelo em uma das bases curvas com ponta de latão, e doía muito. Nunca vi uma cadeira tão planejada para machucar quanto aquela. Tão grande e tão pesada, desequilibrada, com suas juntas e seus cantos tão bem revestidos de latão! Hal e eu já nos havíamos machucado com ela antes, sobretudo no escuro, quando esquecíamos onde a coisa estava, mas nunca daquele jeito. Brincadeiras como aquela não eram do feitio de Hal, e tanto o coração quanto o tornozelo doíam quando me acomodei de novo na cama para me revirar e cochilar e sonhar e acordar sobressaltado até de manhã.

Hal era a gentileza em pessoa, mas continuou a insistir que estivera dormindo e que eu tinha balançado a noite toda, até que fiquei irritado de verdade.

– Essa brincadeira está indo longe demais – disse eu, por fim. – Não me importo com brincadeiras, mesmo quando machucam, mas há limites.

– Sim, há – disse ele, muito sério, e deixamos o assunto de lado.

Vários dias se passaram. Hal teve repetidos encontros com a donzela de cabelos dourados. Eu os via da rua. Mas, salvo por esses vislumbres amargos, esperei em vão.

Era difícil suportar, mais difícil até do que o crescente distanciamento entre nós dois, que me causava uma dor profunda. Creio que, no fundo, qualquer um de nós ficaria feliz em ir embora sozinho, mas nem ele nem eu estávamos dispostos a deixar o outro com o quarto, a cadeira e a bela desconhecida.

Voltando inesperadamente para casa, numa certa manhã, encontrei a senhoria de face inexpressiva arrumando os quartos e decidi causar-lhe uma boa impressão, sem qualquer motivo.

– É uma bela cadeira antiga que a senhora tem aí – disse eu, enquanto ela polia mecanicamente os cantos de latão com seu avental.

Ela olhou para o luzidio móvel escuro quase com uma ponta de orgulho.

– Sim, é uma bela cadeira! – disse.

– É antiga – insisti.

– Muito antiga – respondeu ela, lacônica.

– Eu achei que as cadeiras de balanço fossem uma invenção americana moderna – disse eu.

Ela me lançou um olhar apático.

– É espanhola – informou. – É tudo espanhol. Carvalho, couro, latão e...

Não entendi a última palavra dita pela mulher, que deixou o quarto sem dizer mais nada.

Aquela cadeira era estranha e desequilibrada, apesar de ser tão confortável sentar nela. As bases curvas sobre as quais se balançava eram longas e afiadas atrás, sempre à espreita dos incautos, mas curtas na frente, e o encosto era tão alto e tão pesado na parte de cima que, por conta do peso e da frente curta, ela caía para a frente com uma violência assombrosa.

Eu sabia disso por experiência própria, pois ela desabara por cima de mim em alguns de nossos frequentes encontros. Hal também tinha sido vitimado por ela. No entanto, apesar de nossas múltiplas contusões, nenhum de nós queria que a cadeira fosse retirada, uma vez que a garota sentava-se nela todo fim de tarde para balançar-se à luz dourada do sol poente.

Assim, toda tarde nós dois saíamos do trabalho o mais cedo possível e voltávamos correndo, separados e por diferentes caminhos, para a rua miserável e a adorada janela.

Eu não poderia suportar isso para sempre. Quando Hal chegava em casa primeiro, eu, demorando-me na rua lá embaixo, podia ver, através de nossa janela, aquela cabeça adorável e a dele, muito próximas. Quando eu chegava antes, conseguia às vezes um breve olhar vindo lá de cima, um sorriso enigmático, e nada mais. Invariavelmente ela não estava mais lá quando eu entrava no aposento, e a porta interna do meu quarto estava sempre trancada.

Às vezes eu até ouvia o ruído da fechadura e o roçar das vestes do outro lado. Houve ocasiões em que esta decepção diária, esta agonia constante da esperança adiada faziam com que eu caísse de joelhos diante da porta, implorando-lhe que a abrisse para mim, clamando-lhe com cada palavra de apaixonado carinho e de persuasão que o coração torturado de um homem poderia evocar.

Hal não mais me falava nem me olhava, agora, salvo por uma polidez premeditada e uma fria indiferença. E como poderia eu tratá-lo de modo diferente, com tantas provas de que era um mentiroso?

Eu o vi a partir da rua, certo fim de tarde, em plena luz do sol poente, sentado naquela cadeira, com a bela cabeça apoiada em seu ombro. Aquilo foi mais do que eu podia suportar. Se ele havia ganhado, e ganhado de forma tão completa, eu apenas pediria para falar com ela uma única vez, e diria adeus aos dois, para sempre. Assim, subi a escada com passos pesados, bati à porta com força e, quando Hal respondeu "Entre!", assim o fiz. Encontrei-o sentado sozinho, fumando. Sim, fumando na cadeira na qual, momentos antes, ela também estivera!

Ele havia acabado de acender um charuto, um truque barato para iludir-me.

– Escute aqui, Hal – disse-lhe. – Não consigo mais aguentar isso. Posso pedir uma coisa? Deixe-me vê-la uma vez, apenas uma vez, para que eu possa dizer adeus, e então nenhum de vocês vai precisar me ver de novo!

Hal pôs-se de pé e olhou-me nos olhos. Então jogou o charuto inteiro pela janela e veio até mim, parando a meio metro de distância.

– Você está maluco? – perguntou. – Eu, pedir algo a ela? Jamais ouvi a voz dela! E *você*... – ele interrompeu-se e me deu as costas.

– E eu o quê? – agora eu queria ir até o fim e esclarecer tudo.

– E você a tem visto dia após dia, tem falado com ela... Não preciso repetir tudo que meus olhos viram!

– Não precisa, de fato – retruquei. – Seria levar longe demais suas invenções. Eu a vi neste quarto só uma vez, e foi apenas um vislumbre, ela não disse uma palavra. Mas eu a vi da rua várias vezes... com você.

Ele ficou muito pálido. Afastou-se de mim, indo para a janela, e então virou-se de novo.

– Eu nunca a vi neste quarto, sequer por um momento, como você diz que viu. Da rua, eu a vi várias vezes... com você!

Olhamos um para o outro.

– Está querendo me dizer... – perguntei-lhe devagar – que não acabei de ver você sentado naquela cadeira, diante daquela janela, com ela nos braços?

– Pare! – gritou ele, agitando o braço em um gesto violento.

Sua mão bateu com força no canto do encosto da cadeira. Ele limpou de forma mecânica o sangue que brotou do corte de três cantos, olhando-me fixamente.

– Eu vi você – repeti.

– Não viu! – ele rebateu.

Virei-me lentamente e entrei em meu quarto. Não podia suportar dizer àquele homem, que era mais do que um irmão, que ele estava mentindo.

Sentei em minha cama, com a cabeça entre as mãos, e dali a pouco ouvi a porta de Hal abrir-se e fechar, ouvi seus passos na escada e a porta da frente batendo quando ele saiu. Ele partiu; para onde, eu não sabia, e se estivesse indo para sua morte, e uma palavra minha fosse capaz de impedi-la, eu não a teria dito. Não sei quanto tempo fiquei ali sentado, na companhia de um amor impossível, do ciúme e do ódio.

De repente, no silêncio do quarto vazio, soaram os rangidos regulares da grande cadeira balançando. Talvez... Devia ser! Pulei em pé e, sem fazer nenhum ruído, abri a porta. Lá estava ela, sentada diante da janela, olhando para fora, e... Sim, ela lançou um beijo para alguém que estava lá embaixo. Ah, como era bela! Tão bela! Dei um passo em sua direção. Estendi as mãos e disse não sei o quê. Na mesma hora, ouvi os passos rápidos de Hal subindo a escada.

Ela também ouviu e, lançando-me um olhar sutil, misterioso e triunfante, passou por mim e foi para o meu quarto, no mesmo instante em que Hal entrou pela porta. Ele a viu sair do quarto. Veio direto para mim, e achei que iria me bater, naquele exato momento e lugar.

– Saia da frente! – ele gritou. – Vou falar com ela. Não é suficiente que eu veja? – ele apontou a janela com a mão ferida. – Deixe-me passar!

– Ela não está aí dentro – respondi. – Ela passou para o quarto vizinho.

Um riso leve soou perto de nós, um riso suave, delicado e cristalino, quase junto a meu ombro.

Hal empurrou-me para fora de seu caminho, escancarou a porta e entrou em meu quarto. O cômodo estava vazio.

– Onde você a escondeu? – indagou.

Apontei com frieza para a outra porta.

– Então quer dizer que o quarto dela tem uma porta de comunicação com o seu, não é? – ele murmurou, com um sorriso ácido. – Não admira que você preferisse a "vista"! Talvez eu também possa abri-la?

E pousou a mão sobre a maçaneta.

Eu dei um sorriso, pois a amarga experiência havia me ensinado que aquela porta estava sempre trancada, mesmo com todas as minhas preces e súplicas. Ele que se ajoelhasse ali, como eu fizera. Mas a porta se abriu sob sua mão! Corri para junto dele, e juntos olhamos...

para um *closet*, sessenta centímetros por um metro e vinte, tão vazio e apertado quanto um caixão desocupado!

Ele virou-se para mim, tão lívido de fúria quanto eu estava de terror. Eu não estava pensando nele.

– O que você fez com ela? – ele gritou. E então, cheio de desprezo: – Eu devia parar de fazer perguntas a um mentiroso!

Não lhe fiz caso, mas voltei para o outro quarto, onde a grande cadeira balançava diante da janela.

Ele me seguiu – furioso com a decepção – e colocou a mão sobre o encosto que se movia; os dedos fortes apertando-o até as unhas ficarem brancas.

– Você vai embora daqui? – disse ele.

– Não – eu respondi.

– Não vou mais viver com um mentiroso e traidor – ele afirmou.

– Então vai ter de se matar – disse eu.

Vociferando uma imprecação, ele saltou sobre mim, mas tropeçou na longa base da cadeira e desabou no chão.

Uma onda de ódio tão forte ergueu-se em meu coração que eu poderia tê-lo pisoteado ali onde ele havia caído, matando-o como a um cão. Com um esforço tremendo, porém, virei-lhe as costas e saí do quarto.

Quando voltei, o dia já havia clareado. Era cedo, e o sol ainda não havia surgido, mas a luz já banhava telhados e paredes e ruas. Parei no piso térreo para encontrar a senhoria e comunicar-lhe minha partida imediata. Porta após porta, bati, testei e abri. Aposento após aposento, entrei e vasculhei tudo. Em toda a casa, do porão ao sótão, não havia qualquer aposento mobiliado, salvo os nossos, e nenhum sinal de ocupação humana. Poeira, poeira e teias de aranha por toda parte. Nada mais.

Com um estranho aperto no coração, fui até nossa própria porta.

Tive certeza de haver ouvido, lá dentro, os passos lentos e regulares de nossa senhoria, e aquele riso suave, baixinho. Precipitei-me para dentro.

O aposento estava privado de qualquer vida; ambos os quartos estavam totalmente vazios.

Sim, vazios de qualquer vida. Pois, com o afeto de uma vida inteira aflorando em meu coração, corri até onde Hal jazia, sob a janela, e encontrei-o morto.

Morto, e de uma forma horrível. Três ferimentos pesados... a golpes. Três lacerações profundas, com três cantos... Coloquei-me de pé, num salto. Até a cadeira havia desaparecido!

De novo o riso sussurrado. Saí correndo desesperado daquela casa de horror.

Na rua, lancei um olhar trêmulo para a janela fatídica.

O sol nascente dourava todos os telhados, e seus raios horizontais, batendo nas vidraças mais altas do edifício do outro lado da rua, refletiam-se de volta, com gloriosa tranquilidade, iluminando a grande cadeira diante da janela, a face suave, os olhos voltados para baixo e os cabelos dourados que balançavam para a frente e para trás.

A PORTA NÃO VIGIADA

(1894)

Eu vivia tranquila em minha casa de mármore, e ninguém sabia o que existia sob ela, ou quem colocara aquilo ali. A casa era muito bela, eu sabia. Havia contratado os melhores arquitetos e construtores, os materiais eram de uma pureza imaculada, e cada tijolo custara uma fortuna. Ao redor dela as flores cresciam; flores coloridas e radiantes, em turbilhões de tons que pulsavam e avançavam até as paredes alvas, subindo pelos amplos degraus e invadindo o vívido veludo do gramado. Eu tinha flores não apenas nos canteiros exuberantes – o lugar onde construí a casa tinha um solo muito fértil –, mas também nas profusas trepadeiras que cobriam paredes e janelas e que pendiam do alpendre reluzente, com suas campânulas e seus botões carmesins.

As árvores ainda não estavam muito altas, e nem eram altas o suficiente para dar ao local o aspecto que eu desejava que tivesse. Algumas das árvores que plantei com grande expectativa logo morreram e ficaram ali entre as flores, secas e eretas. Mas não demorou até que também elas fossem cobertas pelas trepadeiras, seres incontroláveis que lançavam seus dedos rastejantes, de um delicado verde-claro, os quais se transformavam em mãos que agarravam e então em braços de cujos abraços somente a morte poderia libertar.

Minha casa estava repleta de coisas belas e curiosas, lembranças de eras passadas e de outras terras, e espécimes ou estranhas excrescências e bizarrices. Era uma coleção maravilhosa. No entanto o elemento mais estranho de todos, e que nem eu podia explicar, era um peculiar som grave que às vezes eu ouvia em meio a minhas curiosidades. Um som grave, sutil, irregular e pulsante.

Eu vivia lá com liberdade e nobreza, fruto de bons serviços e de respeito, mas eram poucos os amigos que frequentavam a casa e desfrutavam dela. Às vezes eu chegava a suspeitar de que sabiam o que existia sob a casa e quem havia colocado aquilo ali.

Certo dia, o príncipe daquelas terras chegou à casa, montado em seu cavalo, e encontrou-me cuidando das flores com apaixonada devoção. Eu cuidava delas como uma mãe cuida de seus filhos, e a satisfação me dominava quando o ar se enchia de dourados e carmesins e roxos e escarlates, com suas flores incontáveis. Nessas ocasiões minha casa aparentava felicidade.

O príncipe tinha interesse por minhas flores. Ele costumava apear do cavalo e postar-se no alpendre, apoiado ao pilar de pórfiro vermelho, enquanto observava meus dedos brancos desenroscarem as gavinhas enroladas, conduzindo-as para algum ponto dos elaborados entalhes que forneciam um apoio mais alto e mais firme. Eu queria que minha casa ficasse oculta pelas flores. Ele desejou então visitar seu interior, e convidei-o a entrar. Ele era muito bem-vindo a entrar e sair quando quisesse, e quando ele demonstrava interesse, eu lhe falava sobre as coisas curiosas ali guardadas. Eu as conhecia bem, sabia qual era sua procedência, o que eram e como haviam se tornado minhas, e somente minhas. Assim, olhei-o com olhos frios e respondi a todas as suas perguntas sobre o que havia na casa.

– É uma bela casa – disse-me. – E tem flores em abundância. Mas você... Você parece triste.

Então eu ri baixinho, para demonstrar que não era triste. De fato, não era melancolia o que eu sentia, pois vivia naquela casa tão bonita, entre rosas rubras e lírios suaves e espessos. O que eu sentia era somente um interesse pelo lugar e orgulho por ele. Pois ninguém tinha uma casa tão bela, tão sólida e tão bem construída como a minha, e tão coberta de beleza.

Contudo o príncipe insistiu em afirmar que eu era infeliz. Disse que parecia faltar algo em meio a toda aquela beleza e suavidade, e em minhas histórias sobre como reunira tantas coisas estranhas. Algumas dessas coisas, ele disse, pareciam pedir uma explicação diferente da que eu lhe dera, e pareciam pedir para pertencer à outra pessoa.

De repente, ele estendeu as mãos para mim, seus olhos profundos vasculhando os meus.

– Mostre-me seu coração – ele pediu.

Uma fraqueza semelhante à dor percorreu meu corpo ao ouvir tais palavras. A casa pareceu estremecer sob meus pés e, em meio ao silêncio imperioso, ouvi aquele som que não conseguia explicar entre os potes e os armários que nos rodeavam. Mas ergui a cabeça e sustentei com serenidade seu olhar, como se o visitante fosse apenas mais uma de minhas estranhas estatuetas; inspirei profundamente o aroma doce das guirlandas de jasmins que pendiam da janela mais próxima.

– Eu não tenho coração – respondi-lhe.

Ele se aproximou de mim com uma expressão de perplexidade e terror e pousou as mãos acima de meu cinturão, meu cinturão de prata polida, com seu curioso e intrincado fecho que ninguém além de mim conhecia. Entretanto ele não sentiu nada, nada, e eu ri baixinho da angústia que transpareceu por seus olhos.

Então ele olhou novamente para o armário a seu lado e parecia estar contando algumas das coisas que ali estavam. Tentei desviar sua atenção com minha explicação costumeira, mas ele não me deu ouvidos. Uma guirlanda de rosas murchas em um canto escuro do móvel pareceu reavivar seu interesse, pois de súbito ele se virou para mim e perguntou:

– Onde está seu coração? O que fez com ele?

Estremeci diante dele, pois estávamos sozinhos e o crepúsculo caía pesado e perfumado. Seus olhos, porém, ardiam de forma inabalável, e ele agarrou-me pelos pulsos e me empurrou de encontro à parede.

– O que fez com seu coração? – repetiu.

Então uma dor terrível percorreu-me o corpo, em todos os lugares vazios, e joguei a cabeça para trás, num riso longo e sonoro, uma gargalhada louca, irrefreável.

De que adiantavam a fúria e a persistência dele? Ele jamais conseguiria obter o que queria.

– Se faz questão de saber, meu coração está morto – disse-lhe. – Totalmente morto. Ele morreu faz muitos anos.

– Tem certeza de que está morto? – perguntou com uma ternura profunda e penetrante que me fez estremecer. – Sabe-se que os corações podem passar muito tempo como se estivessem mortos. Mas eles revivem quando alguém surge para tocá-los. Deixe-me ver seu coração. Deixe-me tocá-lo.

Afastei sua mão e dei um sorriso frio e cruel.

– Meu coração está de fato morto – respondi. – Para ter certeza, fiz penetrar ainda mais fundo cada golpe que o matou. Selei-o com linho e o envolvi com chumbo. Depositei-o em um caixão de pedra, um monólito, e o atei com ferro. Enterrei-o sob sete criptas e construí esta bela casa sobre ele; minha bela e luminosa casa, onde as flores crescem indomáveis.

– Por que construiu a casa sobre a sepultura? – indagou ele.

– Para que ninguém saiba que existe uma sepultura – respondi com frieza.

– E você vigiou a porta?

– Vigiar a porta! – exclamei, levando a mão a meu peito frio. – Vigiar a porta de uma sepultura? E por que deveria? Uma sepultura não é uma prisão!

Mas um pensamento horrível me ocorreu ao dizer isso e, soltando-me das mãos dele, desci correndo as escadas que conduziam lá para baixo.

Ele me seguiu ansioso, sua espada chocando-se contra os degraus largos e úmidos sobre os quais durante tanto tempo som algum ressoara.

Tentei trancar as portas atrás de mim, mas ele sempre detinha minha mão a tempo e passava por elas a meu lado.

No início, achei ter ouvido novamente o som grave que ouvia lá em cima, mas agora ele havia cessado por completo, e quando me virei para encarar o visitante, diante da última porta, com minha face lívida de terror, não havia o menor vestígio de som, nenhum sinal de movimento em canto algum.

– Ah, vá embora! – gemi. – Vá embora já e deixe-me ir olhar. Você não verá... não tocará... Oh, meu coração! Meu coraçãozinho que morreu há tanto tempo! Afaste-se de mim, você me tortura... Estou lhe dizendo que meu coração está morto!

Mas seu olhar fixo não se desviou.

– Abra a porta – ele disse.

Então abri a porta. Estava escuro lá dentro, até que nossas lamparinas bruxuleantes penetraram com sua luz tênue a penumbra gélida. O grande sarcófago erguia-se negro e sombrio no centro do aposento. Sobre ele pairava o odor de flores há muito mortas. Mas o que era aquilo... aquela coisa pequenina que de repente deu um salto e correu em nossa direção com olhos sobrenaturais que nos fitavam, passou por cima de nós como uma fera em fuga, subiu as escadas reverberantes e saiu para a noite perfumada e suave com pulos alucinados e gritos hesitantes e desatinados? Meu coração estava louco.

QUANDO FUI UMA BRUXA

(1910)

Se eu tivesse compreendido os termos daquele contrato unilateral com Satã, o Tempo de Bruxaria teria durado mais, pode ter certeza. Mas como poderia eu saber? Apenas aconteceu, e nunca mais voltou a acontecer, embora eu tenha tentado recriar as condições preliminares, até onde seria possível controlá-las.

Tudo começou de repente, à meia-noite de um dia de outubro. Era 30 de outubro, para ser exata. Depois de um dia inteiro de calor intenso, a noite estava abafada e trovejava muito. Não soprava uma brisa sequer, e toda a casa fervia, por causa daquela inexplicável propensão a acreditarmos que os aquecedores a vapor têm de funcionar por conta própria quando não queremos.[1]

Fervendo de fúria e com a cabeça quente – e não por conta das condições climáticas ou da caldeira –, subi ao terraço no alto do prédio para arejar as ideias. É uma das vantagens de morar em um apartamento no último andar, você pode sair para dar uma volta sem precisar de um ascensorista!

Em Nova York, mesmo nas melhores circunstâncias, já há motivos de sobra para perder a paciência, e naquele dia em particular parece que todos ocorreram de uma vez, junto a mais alguns novos. Na

1. Na cidade de Nova York, em prédios antigos com aquecimento central a vapor, a caldeira permanece ligada o tempo todo, sobretudo no inverno, e o controle dos radiadores de parede nem sempre funciona, levando a um aquecimento excessivo dos apartamentos. Isso ocorre até os dias de hoje.

noite anterior, os gatos e os cães haviam perturbado meu descanso, claro. Meu jornal matutino trouxe mais mentiras do que o normal, e o jornal de meu vizinho – que mais tarde, enquanto ia para o centro, vi mais bem exposto que o meu – estava mais indecente do que de costume. Meu creme não era creme, pois o ovo que usei era uma relíquia do passado. Meus guardanapos "novos" estavam nas últimas.

Sendo mulher, supõe-se que eu não deveria praguejar. Mas quando o motorneiro ignorou o sinal bem evidente que fiz, rindo enquanto seu bonde passava por mim, quando o guarda do metrô esperou até que eu estivesse quase pondo o pé a bordo e fechou a porta na minha cara, postando-se atrás dela muito tranquilo por alguns minutos até soar o sino, para garantir que continuasse fechada, desejei praguejar como um condutor de mulas.

Na volta foi pior. Os encontrões que as pessoas dão nas costas da gente, em meio à multidão! O brutamontes que empurra as pessoas para dentro ou joga-as para fora; os homens que fumam e cospem, ao arrepio das leis; as mulheres com chapéus de abas enormes e serrilhadas, penas insolentes e alfinetes mortíferos,[2] que tornam a viagem muito mais confortável.

Bem, como disse, meu humor estava particularmente ruim, então subi ao terraço para arejar os pensamentos. Pesadas nuvens negras pairavam baixas por cima de mim, e os relâmpagos refulgiam ameaçadores, aqui e ali.

Uma gata preta faminta saiu de trás de uma chaminé e miou de forma lastimosa. Pobrezinha! Havia sido escaldada.

A rua estava tranquila, de acordo com os padrões de Nova York. Debrucei-me um pouco no parapeito e olhei, para um lado e para outro, as longas fileiras paralelas de luzes cintilantes. Um coche tardio aproximou-se; o cavalo estava tão exausto que mal conseguia manter a cabeça erguida.

---

2. No começo do século XX, os longos alfinetes cuja função era enfeitar e segurar os chapéus começaram a ser usados pelas mulheres como arma de defesa em casos de assédio. A reação masculina a esse empoderamento se deu por meio de leis que limitavam o tamanho e o uso dos alfinetes de chapéu, alegando que constituíam um risco a pessoas inocentes.

Então o cocheiro fez uso de seu longo chicote, com a perícia resultante da experiência, marcando a barriga do pobre animal com um corte doloroso que me fez estremecer. O cavalo também estremeceu, infeliz criatura, e fez tilintar o arreio, esforçando-se para trotar.

Inclinei-me mais e fiquei observando aquele homem com um espírito de total antipatia.

– Desejo... – comecei, lentamente, e desejando do fundo do coração – que qualquer pessoa que golpear, ou de qualquer outra forma ferir um cavalo sem necessidade, sinta a dor causada... e que o cavalo não a sinta.

Não esperava nenhum resultado, mas de qualquer modo me fez bem proferir aquilo. Vi o homem erguer de novo o grande chicote e golpear com vontade. Vi quando ergueu as mãos para o alto, ouvi seu grito, mas em nenhum momento me perguntei o que lhe haveria acontecido.

A gata preta e magra, tímida mas confiante, esfregou-se em minha saia e miou.

– Pobre gatinha! – exclamei. – Pobre gatinha! Que lástima!

E pensei, compadecida, em todos os milhares de gatos famintos e acuados que se esgueiram e sofrem na cidade grande.

Mais tarde, quando tentei dormir, e em meio ao silêncio, ergueu-se a gritaria roufenha desses mesmos infelizes; minha piedade transmutou-se em dureza.

– Quantos tolos têm gatos nesta cidade! – resmunguei irritada.

Outro grito. Uma pausa. E um grito prolongado, torturando os ouvidos.

– Desejo... – exclamei – que todos os gatos da cidade estejam confortavelmente mortos!

Um silêncio repentino se fez e, em seu devido tempo, adormeci.

Tudo transcorreu razoavelmente bem na manhã seguinte, até que provei outro ovo. Eram, aliás, ovos bem caros.

– Não posso fazer nada! – disse minha irmã, que cuida da casa.

– Sei que você não pode – concordei. – Mas há quem possa. Desejo que as pessoas responsáveis tenham de comer seus ovos velhos, e que nunca mais comam nenhum bom até começarem a vender ovos de qualidade!

– Eles parariam de comer ovos, só isso – disse minha irmã. – E comeriam carne.

– Que comam! – respondi impulsiva. – A carne está tão ruim quanto os ovos! Faz tanto tempo que não vemos um bom frango fresco, que já esqueci que gosto tem!

– É a refrigeração – disse minha irmã. Ela tem temperamento pacífico. Eu não.

– Sim, a refrigeração! – retruquei. – Deveria ser uma bênção, e permitir o abastecimento em épocas de escassez, equalizar o abastecimento e baixar os preços. E o que faz? Monopoliza o mercado, eleva os preços durante todo o ano e deixa ruim toda a comida.

Minha fúria explodiu.

– Ah, se houvesse um jeito de atingi-los! – gritei. – A lei não os alcança. Devia haver uma maneira de amaldiçoá-los! Eu adoraria fazer isso. Desejo que toda essa gente odiosa que ganha dinheiro desse modo possa saborear sua carne ruim, seu peixe velho, seu leite estragado, seja o que for que comam. Sim, e que sintam os preços, assim como nós sentimos!

– Eles não sentem, você sabe. Eles são ricos – observou minha irmã.

– Eu sei – admiti contrariada. – Não há como atingi-los. Mas desejo que sintam. E desejo que saibam como as pessoas os odeiam, e que também sintam isso. Até corrigirem suas atitudes!

Estava indo para o escritório quando vi algo curioso. O condutor de uma carroça de lixo pegou seu cavalo pelo bocal do freio, puxando-o e sacudindo-o com violência. Espantou-me vê-lo levar as mãos a sua própria mandíbula, com um gemido, enquanto o cavalo de modo contemplativo lambia os beiços e olhava para o homem.

Este pareceu irritar-se com a expressão do cavalo e golpeou-o na cabeça, para logo em seguida massagear seu próprio cocuruto e praguejar perplexo, olhando ao redor para ver quem lhe havia golpeado. O cavalo avançou um passo, estendendo o focinho faminto para um balde de lixo cheio de folhas de repolho, e o homem, recobrando seu senso de proprietário, xingou-o e chutou-o nas costelas.

Dessa vez, ele precisou sentar-se, pálido e enfraquecido. Assisti à cena com surpresa e prazer crescentes.

Uma carroça de transporte de mercadorias veio sacolejando pela rua, conduzida por um jovem valentão de cara fechada, pronto para a manhã de trabalho. Ele juntou as pontas das rédeas e desceu-as no lombo do cavalo com um estalo reverberante. Não foi o cavalo que reagiu, mas o próprio garoto, que soltou um berro!

Cheguei a um local em que muitos carroceiros trabalhavam transportando areia e brita. Uma paz estranha e silenciosa pairava sobre a cena onde normalmente o som dos chicotes e a visão de golpes brutais me faziam passar apressada. Os homens conversavam entre si e pareciam estar trocando notas. Era bom demais para ser verdade. Fiquei olhando admirada, à espera de meu bonde.

Ele veio veloz e feliz. Não estava cheio. Havia passado outro pouco antes, que eu perdera por estar olhando os cavalos. Atrás dele não havia mais nenhum à vista.

No entanto o homem de feições toscas que o conduzia passou reto, muito satisfeito, sem se deter, embora eu estivesse parada quase nos trilhos e sacudindo meu guarda-chuva.

Meu rosto ferveu de raiva.

– Desejo que você sinta o tapa que merece – disse eu, com ferocidade, acompanhando o bonde com os olhos. – Desejo que você sinta necessidade de parar, e voltar até aqui, e abrir a porta e pedir desculpas. Desejo que isso aconteça com todos vocês, toda vez que fizerem essa safadeza.

Para meu infinito espanto, o bonde parou e retrocedeu até que a porta dianteira estivesse diante de mim. O motorneiro abriu-a, com a mão no rosto.

– Mil desculpas, madame! – disse-me.

Entrei atordoada, assombrada. Seria isso mesmo? Seria possível que... que tudo o que eu desejasse se tornaria verdade? A ideia me assaltou, mas coloquei-a de lado com um sorriso de desprezo.

– Seria sorte demais – disse a mim mesma.

À minha frente, do outro lado do bonde, sentava-se uma mulher vestida com anáguas volumosas. Era de um tipo que particularmente eu odeio. Não tinha um corpo real de ossos e músculos, mas os contornos de salsichas amontoadas. Complacente, vestida de forma espalhafatosa, com peruca e apliques de cabelo, com o rosto empoado e perfume e flores e joias... e um cão.

Um pobre cãozinho, infeliz e artificial. Vivo, mas apenas por obra da insolência humana. Não era uma criatura real, feita por Deus. E esse cão usava roupas... e uma pulseira! Sua jaqueta justa tinha um bolso... e nele havia um lenço! Ele parecia doente e desolado.

Meditei sobre sua penosa situação, e a de todos os outros prisioneiros acorrentados, levando vidas antinaturais de celibato forçado, privados de sol, ar puro e do uso de suas patas; conduzidos a intervalos definidos, por empregados relutantes, para emporcalhar nossas ruas; alimentados demais, fazendo exercícios de menos, nervosos e doentes.

– E dizemos que os amamos! – murmurei para mim mesma, com amargura. – Não admira que ladrem e uivem e fiquem loucos. Não admira que tenham quase tantas doenças quanto nós! Desejo... – e então o pensamento que havia posto de lado ocorreu-me de novo. – Desejo que todos os cães infelizes nas cidades morram neste instante!

Fiquei observando o pequenino inválido de olhos tristes do outro lado do bonde. Ele deixou a cabeça pender e morreu. Ela só percebeu quando desembarcou, e fez um tremendo escândalo.

Os jornais vespertinos só falavam disso. Alguma pestilência súbita parecia ter atingido tanto cães quanto gatos. Manchetes vermelhas chamavam a atenção, e colunas inteiras traziam as lamentações de gente que havia perdido seus *pets*, descreviam os trabalhos repentinos do conselho de saúde e apresentavam entrevistas com médicos.

O dia todo, enquanto eu seguia a rotina do escritório, a estranha sensação deste novo poder confrontou a razão e o conhecimento comum. Fiz até alguns testes com "desejos" furtivos. Desejei que o cesto de lixo caísse, ou que o tinteiro se enchesse sozinho, mas nada.

Não levei a ideia a sério, até que vi os jornais e ouvi as pessoas contando histórias ainda piores.

O que decidi de imediato foi não contar nada a ninguém.

– Ninguém acreditaria se eu contasse – disse para mim mesma. – E não vou dar a eles essa chance. Consegui com gatos e cachorros, de qualquer modo. E cavalos.

Enquanto observava os cavalos trabalhando, naquela tarde, pensei em todo o sofrimento pelo qual passavam sem que soubéssemos, os estábulos urbanos superlotados, o ar ruim, a alimentação insuficiente e o desafio exaustivo dos pavimentos asfálticos em condições de chuva ou de neve. Decidi fazer mais um teste com os cavalos.

– Desejo... – disse, devagar e com cuidado, mas com uma intenção muito clara e decidida – que cada proprietário, tratador, contratante e condutor ou cavaleiro possa sentir o que o cavalo sente quando ele sofre em nossas mãos. Que sinta de forma penetrante e constante, até que a situação seja remediada.

Por algum tempo, não pude verificar o resultado desse experimento. Mas o efeito foi tão devastador que logo estava sendo amplamente comentado. E esta "nova onda de sentimento humano" logo elevou o status dos cavalos em nossa cidade. Também diminuiu seus números. As pessoas começaram a preferir carros motorizados, e isso foi algo muito bom.

Agora eu tinha certeza, mas guardei-a para mim. Comecei a fazer uma lista de minhas implicâncias favoritas, com uma sensação agradável de poder e prazer.

– Devo ser cuidadosa – disse a mim mesma. – Muito cuidadosa. E, acima de tudo, fazer com que a punição seja adequada ao crime.

A superlotação do metrô me veio à mente na sequência, tanto das pessoas que enchem os vagões por necessidade quanto das que as forçam a fazê-lo.

– Não devo punir ninguém por algo que não se possa evitar, mas só quando for por pura mesquinhez.

Então me recordei dos acionistas, mais distantes, e dos diretores, mais imediatos, dos funcionários proeminentes e dos empregados insolentes, e passei à ação.

– Devo fazer bom uso disto, enquanto durar. É uma responsabilidade e tanto, mas é muito divertido.

E desejei que toda pessoa responsável pela condição de nossos metrôs tivesse uma compulsão inexplicável para viajar nos trens para cima e para baixo, sem parar, durante os horários de pico.

Observei com grande interesse este experimento, mas não percebi grande diferença. Vi algumas pessoas mais bem-vestidas em meio à multidão, e nada mais. Assim, cheguei à conclusão de que a culpa era principalmente do público em geral, que enfrentava diariamente sua punição sem saber.

Aos guardas insolentes e aos bilheteiros desonestos que devolvem troco de menos, lentamente, quando você está com pressa e seu trem está na estação, desejei que sentissem a dor que suas vítimas gostariam de infligir-lhes, sem chegar a ferimentos físicos. Eles sentiram, suponho.

Então desejei o mesmo para todo tipo de companhias e de funcionários. A coisa deu certo, incrivelmente certo. Ocorreu um súbito renascimento de atitudes escrupulosas por todo o país. As diretorias, já tendo aborrecimentos suficientes por si mesmas, ainda por cima passaram a receber incontáveis comunicados dos acionistas, subitamente sensibilizados.

Em moinhos e fundições e ferrovias, as coisas começaram a entrar nos eixos. O país estava em polvorosa. Os jornais engordaram. As igrejas se empertigaram e tomaram para si os créditos. Fiquei indignada com isso e, depois de uma breve reflexão, desejei que cada ministro pregasse à sua congregação exatamente aquilo em que acreditava, bem como o que achava de seus fiéis.

No domingo seguinte, fui a seis estabelecimentos religiosos. Fiquei cerca de dez minutos em cada um, durante duas sessões. Foi muito divertido. Mil púlpitos ficaram vagos de imediato, foram preenchidos, vagaram, e assim por diante, semana a semana. Pessoas começaram a ir à igreja, homens em sua maioria – as mulheres não gostaram tanto da coisa. Elas sempre acharam que os ministros religiosos tinham por elas mais consideração do que agora parecia ser o caso.

Uma de minhas implicâncias mais antigas era com os funcionários do vagão-dormitório. Agora eu estava começando a pensar neles.

Quantas vezes eu havia sorrido e aguentado, assim como milhares de outras pessoas, sujeitando-me a eles, impotente.

Pense em um trem, um meio de transporte comum, que você precisa usar. Você paga pelo seu transporte uma quantia considerável.

Aí, se deseja permanecer no vagão-dormitório durante o dia, eles cobram mais dois dólares e meio pelo privilégio de sentar ali, enquanto você já pagou por um assento quando comprou a passagem. Esse assento é agora vendido para outra pessoa – logo, é vendido duas vezes! Cinco dólares por vinte e quatro horas em um espaço de um metro e oitenta por noventa centímetros de noite e um assento de dia; vinte e quatro horas desses privilégios por carro são 120 dólares por dia pelo aluguel do carro, e os passageiros ainda têm de pagar ao carregador. São 43.800 dólares por ano.

É caro construir um vagão-dormitório, dizem eles. Também é caro construir hotéis, e eles não cobram tarifas tão absurdas. Bem, que poderia eu fazer para dar um jeito nisso? Nada poderia levar os dólares de volta para milhoes de bolsos. Mas esse belo processo poderia ser interrompido naquele instante.

Assim, desejei que todas as pessoas que lucravam com esse esquema pudessem sentir uma vergonha tão intensa, que fariam uma retratação pública, com um pedido de desculpas, e, como uma restituição parcial, ofereceriam sua fortuna para promover a causa das ferrovias gratuitas!

Então me lembrei dos papagaios. Foi uma sorte, porque minha ira se inflamou novamente. Ela havia amainado enquanto eu tentava calcular responsabilidades e ajustar penalidades. Mas os papagaios! Qualquer pessoa que quisesse ter um papagaio deveria ir morar numa ilha a sós com seu interlocutor favorito!

Havia um papagaio enorme e gritador que morava em frente de casa, do outro lado da rua, e somava seus berros ásperos e inúteis a outros barulhos desagradáveis, porém mais necessários.

Uma tia minha também tinha um papagaio. Era uma pessoa rica e convencida, que fora filha única e tinha herdado sua fortuna.

Tio Joseph odiava a ave gritona, mas isso não fazia a mínima diferença para tia Mathilda.

Eu não gostava dessa tia, e nunca a visitava, pois não queria que pensasse que eu a estava bajulando por causa de seu dinheiro. No entanto, depois que fiz o desejo, fui até a casa dela à hora estabelecida para que minha maldição funcionasse. E esta funcionou, melhor do que eu esperava. Lá estavam o pobre tio Joe, parecendo mais magro e dócil do que nunca, e minha tia, como uma ameixa madura demais, com seus modos arrogantes.

– Deixe-me sair! – disse o louro, de repente. – Deixe-me sair para dar uma volta!

– Mas que esperto! – exclamou tia Mathilda. – Ele nunca disse isso antes.

Ela o deixou sair. Ele então voou até o lustre e pousou entre os cristais, a salvo.

– Que porca velha você é, Mathilda! – disse o papagaio.

Ela ficou em pé de um salto, naturalmente.

– Nascida uma porca, educada para ser uma porca... Uma porca por natureza e por educação – prosseguiu o papagaio. – Ninguém aguentaria você, se não fosse por seu dinheiro. Só esse seu marido, um sofredor de longa data. Ele também não aguentaria se não tivesse uma paciência de Jó.

– Veja como fala! – berrou tia Mathilda. – Desça daí! Venha cá!

O louro virou a cabeça de lado e sacudiu os cristais.

– Sente-se, Mathilda – disse, alegremente. – Você vai escutar. Você é gorda e sem graça e egoísta. Você é um estorvo para todos à sua volta. Você vai ter que me alimentar e cuidar de mim melhor do que nunca. E vai ter que me ouvir quando eu falar. Porca!

No dia seguinte, visitei outra pessoa que tinha um papagaio. Ela cobriu a gaiola com um pano quando cheguei.

– Tire isso! – disse o louro.

Ela tirou.

– Não quer vir para a outra sala? – perguntou-me ela, nervosa.

– Melhor ficar aqui! – exclamou o papagaio. – Sente-se e fique quieta!

Ela sentou-se e ficou quieta.

– Quase todo o seu cabelo é falso – disse o bonito louro. – E seus dentes. E sua silhueta. Você come demais. Você é preguiçosa.

Devia fazer exercícios e aprender mais coisas. É melhor pedir desculpas a essa senhora por suas maledicências! Você tem que escutar.

O comércio de papagaios despencou depois daquele dia. Dizem que não há procura por eles. Mas as pessoas que já tinham papagaios ainda estão com eles. Papagaios vivem muito tempo.

Os chatos eram uma classe especial de seres aos quais eu devotava uma antipatia de longa data. Esfreguei as mãos e em seguida me dediquei a eles com este simples desejo: que cada pessoa entediada por eles lhes dissesse a pura verdade.

Havia um homem em especial que eu tinha em mente. Ele havia sido excluído de um clube muito agradável, por meio de votação dos sócios, mas continuava a frequentar o local. Não era membro, apenas o frequentava. E ninguém fazia nada com ele.

Depois disso, foi bem engraçado. Ele apareceu naquela mesma noite, em uma reunião, e quase todos os presentes lhe perguntaram por que ele estava ali.

– Você não é membro, sabe? – disseram. – Por que você insiste em se meter? Ninguém gosta de você.

Algumas pessoas eram um pouco mais tolerantes:

– Por que você não aprende a ter mais consideração pelos outros, e faz alguns amigos de verdade? Ter alguns amigos que apreciam suas visitas deve ser muito mais agradável do que ser uma perturbação da ordem pública.

De qualquer modo, ele desapareceu daquele clube.

Comecei a ficar muito convencida.

No ramo da alimentação, já era sentida uma melhora considerável, assim como nos transportes. Dia a dia, crescia a repercussão das reformas na imprensa, impulsionada pelos sofrimentos inéditos de todos aqueles que lucravam por meio da injustiça.

Os jornais prosperavam com tudo isso. E, enquanto eu lia os protestos inflamados de meu jornal abominável favorito, tive uma ideia literalmente brilhante.

Na manhã seguinte, fui cedo para o centro e observei os homens abrindo seus jornais. Meu jornal abominável era vergonhosamente popular, e naquela manhã mais do que nunca. Bem no alto estava impresso em letras douradas:

Todas as mentiras intencionais, em anúncios, editoriais, notícias ou qualquer outra coluna (num tom escarlate).

Todas as matérias maliciosas (carmesim).

Todos os equívocos por descuido ou ignorância (em rosa).

Tudo o que for do interesse pessoal direto do proprietário (verde-escuro).

Tudo o que for mera isca para vender o jornal (verde-claro).

Tudo o que for propaganda, primária ou secundária (marrom).

Todas as matérias sensacionalistas ou indecentes (amarelo).

Toda hipocrisia encomendada (roxo).

Diversão e entretenimento sadios e instrutivos (azul).

Notícias verdadeiras e necessárias e editoriais honestos (impressão normal).

Nunca se viu um jornal que se parecesse mais com uma colcha de retalhos. As vendas foram extraordinárias por alguns dias, mas declinaram logo. Os editores teriam impedido tudo, se pudessem. Mas os jornais pareciam normais quando saíam das impressoras. O esquema de cores explodia só para os leitores de verdade.

Deixei a coisa desse modo por cerca de uma semana, para a imensa alegria dos demais jornais. E então me voltei para todos eles de uma vez. A leitura dos jornais tornou-se muito interessante por algum tempo, mas logo o setor entrou em declínio. Os editores dos jornais não conseguiam continuar alimentando um mercado como aquele. O conteúdo em azul e em impressão normal aumentava de coluna a coluna e de página a página. Alguns jornais – pequenos, sem dúvida, mas reconfortantes – começaram a aparecer apenas em azul e preto.

Isso me manteve interessada e feliz por algum tempo. Tanto que me esqueci de ficar com raiva de outras coisas. Ocorreu uma grande mudança em todos os tipos de negócios, em consequência da mera impressão da verdade nos jornais. Começou a parecer que havíamos vivido em uma espécie de delírio, sem realmente conhecer os fatos a respeito de qualquer coisa. Tão logo passamos a conhecer os fatos de verdade, começamos a nos comportar de forma muito diferente, é claro.

O que de fato colocou um fim em minha diversão foram as mulheres. Sendo mulher, eu estava naturalmente interessada nelas, e podia ver algumas coisas com mais clareza do que os homens. Vi seu real poder, sua real dignidade, sua real responsabilidade no mundo. E o modo como elas se vestem e comportam-se costumava me deixar doida. Era como ver arcanjos jogando pega-varetas, ou cavalos de verdade sendo usados apenas como cavalinhos de balanço. Assim, decidi ir atrás delas.

Como fazer isso? O que mirar primeiro? Seus chapéus, horrendos, insanos e absurdos – é a primeira coisa em que se pensa. Suas roupas tolas e caras, seus colares e joias, sua infantilidade gananciosa – em sua maioria, das mulheres mantidas por homens ricos.

Então pensei em todas as outras mulheres, as verdadeiras, a vasta maioria, pacientemente fazendo os serviços domésticos, sem sequer receber pagamento por isso. Negligenciando as mais nobres tarefas da maternidade por conta dos afazeres do lar. A maior força da Terra, cegas, acorrentadas, incultas, presas à rotina diária. Pensei no que poderiam fazer, comparado com o que fazem, e meu coração se encheu com algo muito diferente da ira.

Então desejei, com toda a minha força, que as mulheres, todas elas, pudessem por fim concretizar a Condição Feminina. Seu poder e orgulho e lugar na vida. Que pudessem ver seu dever como mães do mundo – amar e cuidar de todos os viventes. Que pudessem ver seu dever para com os homens – escolher apenas os melhores, e então dar à luz e criar homens melhores. Que pudessem ver seu dever como seres humanos, e emergir para a vida plena, para o trabalho e a felicidade!

Parei, sem fôlego, com olhos brilhantes. Esperei trêmula as coisas acontecerem.

Nada aconteceu.

Pois, veja, a magia que recaíra sobre mim era magia negra. E o que eu desejava agora era magia branca.

Não funcionou absolutamente nada, e, o que foi pior, interrompeu todas as outras coisas que estavam funcionando tão bem.

Ah, se tivesse me ocorrido desejar que todas aquelas punições adoráveis fossem permanentes! Como eu queria ter feito mais, enquanto podia, e ter percebido o privilégio que me fora concedido quando fui uma bruxa!

ÁGUA ANTIGA

(1911)

O lago era um espelho, à luz dourada do sol poente. Onde as longas sombras das margens florestadas se estendiam sobre suas águas, era escuro, insondável. Onde o pequeno penhasco erguia-se na margem oriental, seu reflexo luminoso mergulhava nas profundezas intermináveis.

Lentamente, uma canoa aproximou-se calma, cruzando a extensão dourada, impelida com rapidez e suavidade por braços experientes.

– Que força! Como é esplêndida! Tal qual uma valquíria![1] – exclamou o poeta, e a senhora Osgood ergueu um olhar agradecido para o vulto escuro.

– Não sabe o prazer que sinto quando fala desse modo! – disse ela, baixinho. – Também sinto essas coisas, mas não tenho o dom das palavras. E Ellen é prática demais.

– Ela não pode ser sua filha sem ter uma alma poética – respondeu ele, com um sorriso sóbrio.

– É o que espero, claro. Mas nunca tive a certeza! Quando era pequena, lia os poetas para ela, sempre. Mas ela não tinha interesse, a não ser que fossem o que chamava de "histórias poéticas". E, assim que pôde escolher, ela preferiu a ciência.

1. As valquírias, na mitologia nórdica, eram deidades femininas que serviam Odin (o principal deus da mitologia nórdica). Tinham o objetivo de eleger os mais heroicos guerreiros mortos em batalha e conduzi-los ao salão dos mortos. (N. E.)

– Há poesia ali – disse ele, com os olhos fixos nos braços morenos, agora mais próximos. – Veja sua postura! Os movimentos! São a própria alma da poesia... e o corpo! Aquele corpo é um poema!

A senhora Osgood observou a aproximação segura, o impulso decidido que fez a canoa cruzar as ondas e entrar na pequena garagem de barcos.

– Ellen é tão prática! – murmurou. – Ela sequer admite sua própria beleza.

– Ela ainda não despertou – sussurrou o poeta. – Está adormecida!

E os grandes olhos dele brilharam como que num espasmo de esperança.

– É também muito corajoso da parte dela – prosseguiu a mãe. – Ela na verdade não gosta da água, e força-se a andar de canoa. Acho que, no fundo, ela tem medo, mas não quer admitir isso. Oh, Ellen! Venha aqui, querida! Este é o senhor Pendexter. O Poeta.

Ellen estendeu a mão morena e fria, ainda um pouco úmida, depois que ela casualmente lavara as mãos na beira d'água. Mas ele a apertou calorosamente, expressando sua admiração quanto à habilidade dela com a canoa.

– Ah, não é nada – respondeu a garota. – A canoagem é muito fácil.

– Você me ensinaria? – ele perguntou. – Serei um aluno muito dedicado.

Ela examinou de alto a baixo o homem corpulento com um olhar de dúvida. Ele era grande o bastante, sem dúvida, e os braços e pernas robustos pareciam fortes. Mas faltavam-lhe o equilíbrio e a prontidão confiante que denotam experiência.

– Você não sabe remar? – perguntou-lhe.

– Perdoe minha ignorância, mas jamais estive em uma dessas graciosas e esguias embarcações. Ficaria muito feliz em tentar.

– O senhor Pendexter morou mais tempo na Europa do que nos Estados Unidos – atalhou sua mãe, às pressas. – Lembre-se, querida, de que nem todos os homens têm interesse por essas coisas. Estou certa de que, se o senhor quiser, minha filha lhe ensinará de muito bom grado, senhor Pendexter.

– Com certeza – disse Ellen. – Posso ensinar-lhe em duas aulas. Quer começar amanhã de manhã? Costumo sair bem cedo.

– Ficarei encantado – respondeu ele. – Saudaremos juntos o alvorecer.

– O amanhecer, querida, querida – sugeriu a mãe, com um sorriso de desculpas.

– Ah, sim – concordou a garota. – Eu sei o que é alvorecer, mamãe. O jantar está pronto?

– Estará assim que você se vestir – disse a mãe. – Coloque o vestido azul, querida. Aquele de tom mais claro.

– Tudo bem – disse Ellen subindo e correndo pela trilha com leveza.

– Bela! Bela! – ele murmurou, seguindo com os olhos a figura esbelta da moça. – Ah, madame. Como deve ser para a senhora ter uma filha como esta! Ver sua própria juventude, não mais do que um instante decorrido, repetindo-se diante de seus olhos!

E ele lançou um olhar de admiração à silhueta de sua anfitriã.

A senhora Osgood apareceu para jantar trajando um vestido um tanto clássico, os belos cabelos presos com uma faixa dourada, ao estilo bárbaro. Olhou satisfeita para a filha, que resplandecia como uma jovem Juno,[2] em seu vestido azul vaporoso. Ellen tinha a beleza da mãe e a força do pai. Tinha o porte de uma rainha e o ar inconsequente e feliz de uma universitária saudável, o que de fato ela era.

O apetite dela era tão bom que a mãe quase receou que o poeta ficasse mal impressionado, mas logo observou que ele também demonstrava total aprovação quanto a sua obra-prima. Ellen também o observava, notando com franca reprovação como consumia em abundância doces e cremes, e a forma excessiva como parecia apreciar o café e os licores.

2. Na mitologia romana, Juno é a rainha dos deuses, equivalente a Hera, da mitologia grega.

– Ellen nunca toma café – explicou a senhora Osgood, quando se sentaram na luxuosa sala de estar. – Ela está planejando algum treinamento, creio.

– Mãe! Eu *estou* treinando! – protestou a garota. – Não oficialmente, porque não há nenhuma corrida programada. Mas gosto de me manter em forma. Sou voga[3] na equipe de remo da universidade, senhor Pindexter.

– *Pendexter*, querida – sussurrou-lhe a mãe.

O homenzarrão pegou sua segunda xícara de café e sentou-se junto à garota.

– Não tenho palavras para expressar o quanto admiro isso – disse, inclinando-se para diante. – Você é como Nausícaa...[4] como Atalanta...[5] Como as mulheres de meus sonhos!

Ela não desgostou da admiração declarada dele, pois até garotas atléticas apreciam elogios, mas se sentiu desconfortável.

– Não acredito em sonhos – respondeu.

– De fato, não se deve acreditar neles – ele concordou. – Ainda assim... Você nunca teve um sonho que a perseguiu, um sonho recorrente?

– Já tive sonhos ruins – ela admitiu. – Pesadelos horríveis. Mas nunca tive o mesmo sonho duas vezes.

– Com que você sonha nesses seus pesadelos horríveis?

– Sonho com grandes animais – ela respondeu de imediato. – Animais que me atacam. E então eu fujo e fujo... Argh!

A senhora Osgood bebericou seu café enquanto observava os dois. Não havia um jovem poeta mais promissor do que este. Ele representava tudo pelo que ela ansiara quando era menina. Tudo o que

---

3. O voga é o remador que se senta mais próximo ao final do barco. Esta é a posição mais importante no barco, pois o voga estabelece o ritmo das remadas e é seguido pelos demais remadores.

4. Nausícaa, na Odisseia, é a princesa dos feácios que encontra Ulisses na praia, depois que o navio deste naufraga, e o leva ao palácio de seus pais.

5. Atalanta, personagem da mitologia grega, foi deixada para morrer assim que nasceu, porque seu pai desejava um filho homem. Foi salva por uma ursa, que a amamentou.

o homem com quem se casara, o dono extremamente próspero de um moinho, fora incapaz de lhe dar. Se a filha pudesse ter o que ela não tivera...

– Dizem que esses sonhos vêm de nosso passado distante – ela sugeriu. – Concorda com isso, senhor Pendexter?

– Sim, concordo. Creio que eles vêm das raízes de nossa infância. De uma longa era de medo e dor, já soterrada pelo passado.

– E quando temos aquela estranha sensação de já ter estado antes em um lugar? Não seria a mesma coisa?

– Não se sabe – respondeu o poeta. – Há quem diga que essa sensação decorre de um atraso momentâneo da ação de uma das metades do cérebro. Não posso afirmar. Para mim, é mais misterioso e mais interessante pensar que, quando temos essa maravilhosa sensação repentina de familiaridade anterior, estamos lidando com lembranças indistintas de uma existência anterior. Já teve essa sensação, senhorita Osgood?

A garota riu sem qualquer constrangimento e respondeu:

– Já senti isso com relação a uma coisa bem específica. É por isso que tenho medo de água.

– Medo de água! Você! Uma deusa das águas!

– Claro, eu não alimento esse medo. Mas a única coisa que me deixa nervosa, desde criança, é a água. Ela me provoca uma sensação horrível!

Ela estremeceu de leve e perguntou se ele gostaria de ouvir um pouco de música.

– Ah, você também toca?

Ela riu divertida.

– Só a pianola...[6] ou outra máquina. Posso começar?

– Espere só um minuto – ele pediu. – Fale-me, por gentileza, desse sonho tão terrível. Estou muito interessado.

– Ah, é pouca coisa. Não é um sonho, na verdade, porque acontece quando estou acordada. Foram só duas ou três vezes. Uma vez,

6. A pianola é um piano mecânico que toca automaticamente músicas pré-programadas; foi muito popular no final do século XIX e no início do século XX.

quando eu tinha dez ou onze anos, e um par de vezes desde então. É uma sensação de água... negra, parada, suave... por baixo de mim, muito profunda. E não consigo me afastar dela. Eu tento, e então alguma coisa me agarra... Argh!

Ela se levantou decidida e caminhou até o instrumento musical.

– Se esta é uma lembrança de meu passado, minha existência deve ter sido prematuramente interrompida por um primata enfurecido! De qualquer modo, não gosto de água, a menos que seja um oceano bravio. Que devo tocar?

Ele queria levantar-se ao nascer do sol na manhã seguinte, mas não conseguiu acordar. E, quando olhou pela janela, viu a canoa voltando rapidamente para casa, a tempo do café da manhã.

Ela riu dele por causa da preguiça, mas prometeu dar-lhe uma aula mais tarde, e ficou encantada ao descobrir que ele jogava tênis. Ele ficava elegante de calças brancas; na verdade, sua aparência era mais admirável que sua técnica, e a garota o derrotou tantas vezes que ele chegou muito perto de enfurecer-se.

A senhora Osgood observava-os deliciada nas ocasiões em que era adequado observar, e em outros momentos afastava-se, sob os mais diversos pretextos, deixando que ficassem a sós.

Ele lhe perguntou, reservadamente, se não seria pesado demais para a canoa, mas ela o tranquilizou.

– Ah, não, senhor Pendexter. É uma canoa especialmente larga, e tem câmaras de ar em sua estrutura. Ela não afunda. O pai de Ellen mandou fazer para ela. Ele mesmo é um homem corpulento e adora a canoagem.

Assim, o fornido poeta foi orientado a pisar com cuidado no centro da canoa e acomodar-se perto da proa.

Ficou muito contrariado por não poder ver sua bela instrutora, e propôs que trocassem de lugar.

– Não, de forma alguma! – foi a resposta. – Confiar a você o outro remo? Ainda não!

– Não poderia ao menos sentar-se de frente para ela? – sugeriu ele.

Ela gargalhou ao ouvir isso e disse que seria melhor ele aprender a remar antes de tentar fazê-lo de costas.

– Se quer olhar para mim, seria melhor arranjar outra canoa e tentar me seguir – ela acrescentou, sorrindo.

Diante disso, ele declarou que obedeceria cegamente a qualquer ordem.

Ele sentou-se no pequeno assento trançado da proa e arregaçou as mangas, como viu Ellen fazer. Ela lhe entregou o remo, mostrou-lhe como empunhá-lo e riu em silêncio quando as vigorosas remadas desviaram-nos para a direita ou para a esquerda, apesar dos esforços dela para estabilizar o curso.

– Não reme com tanta força! – exclamou ela. – Você é mais forte do que eu, e sua remada é tão afastada que me faz ir para os lados.

Com um pouco de paciência, ele dominou o suficiente aquela arte para ocupar de forma razoável a função de remador de proa, mas ela não confiava nele para ficar na popa; e nem todas as belezas do lago tranquilo consolavam-no por não poder vê-la. No entanto, refletiu ele, ela podia vê-lo. Quem sabe havia sido por isso que o pusera na frente! E, pensando nisso, aprumou mais o corpo.

Ela apreciou o corpo bem proporcionado dele, mas não aprovou sua falta de destreza, e sentiu uma real aversão pela densa pelagem negra que lhe cobria os braços e mãos.

Ele se cansou de andar de canoa. É impossível lançar olhares eloquentes tendo que olhar por cima do ombro, ou sequer proferir palavras doces. Isto é, não de modo a obter um bom efeito. No tênis, as vitórias dela eram tão constantes que ele também se cansou disso. Ela não gostava de golfe. Ele não tinha familiaridade com cavalos. E quanto ao carro, quando ela dirigia, as mãos e os olhos e toda a atenção voltavam-se para o veículo. Então ele implorou-lhe que caminhassem.

– Deve haver caminhos adoráveis nestas florestas – disse ele. – Reconheço minha inferioridade em muitos aspectos. Mas posso caminhar!

– Tudo bem – concordou ela, animadamente, e percorreu com ele a região, caminhando de forma enérgica e incansável.

A mãe dela observava-os ofegante. Nutria uma incontida admiração por aquele homem de grandes olhos e voz de veludo, de lábios tão vermelhos sob o bigode macio. Ela achava que a poesia dele tinha uma nobreza e uma musicalidade além de qualquer medida. Ellen achava que não tinha serventia alguma.

– Para que ele quer ficar falando dessas lendas antigas? – protestou quando sua mãe tentou inspirar nela alguma admiração. – Não existem temas atuais suficientes sobre os quais escrever, sem ter de voltar para gente que de qualquer forma nunca existiu, pessoas que não passam de personagens de histórias de outras pessoas?

– Elas fazem parte do material poético mundial, minha querida. Folclore, mitos. São parte de nossas imagens universais.

– Bom, eu não gosto de poesia sobre imagens universais, só isso. São como múmias, requentadas e vestidas com roupas de gala!

– Você vai me desculpar – disse a mãe, com certa irritação. – Estamos sendo honrados com a visita de um de nossos maiores poetas, talvez o maior, e minha própria filha não tem sensibilidade suficiente para apreciar sua belíssima obra. Você é igualzinha a seu pai!

– Bem, não posso fazer nada. Não gosto dessas histórias velhas e bobas sobre pessoas que nunca fizeram nada de útil, e que não tinham nada na cabeça a não ser se apaixonar ou matar alguém. Não tinham juízo, não tinham coragem e não tinham decência!

A mãe tentou fazer com que ela reconhecesse algum mérito nos outros trabalhos dele.

– Não adianta, mamãe! Pode ficar com seu poeta e tirar dele toda a satisfação estética que quiser. Eu serei educada com ele, é claro. Mas não gosto da arte dele.

– Nem mesmo o "Lirismo do dia", querida? E "A floresta"?

– Não, mãezinha, nem mesmo essas. Acho que ele nunca viu um nascer do sol. A não ser que tenha se levantado só para isso e parado de frente para ele, como se fosse uma câmera! E as florestas! Ora, ele não consegue distinguir uma árvore da outra!

A mãe quase perdeu as esperanças com ela, mas o poeta não foi desencorajado.

– Ah! Senhora Osgood! Posto que a senhora me honrou com sua confiança, não posso senão agradecer-lhe e tentar a sorte. É tão bela essa alma que está desabrochando... e que ainda não floresceu. Tão próxima... tão difícil! Mas quando suas róseas pétalas se abrirem...

No entanto, ele não confiou à senhora Osgood nada além desta suave e poética visão geral de algum tipo de interesse floral. Ele nada disse sobre a tempestade de paixão que crescia dentro de si. Uma paixão cuja intensidade ardente teria assustado aquela alma gentil, talvez a ponto de fazê-la duvidar da sensatez de sua escolha.

Ela permaneceu em um estado de emoção ansiosa, mas controlada. Pouco dizia a Ellen, para não correr o risco de alarmá-la, mas acalentava a esperança de que a garota encontrasse a felicidade junto àquela grande alma.

A grande alma, enquanto isso, continuava a tentar, lançando mão de todos os recursos que conhecia – e sua experiência não era pouca – para atingir o coração da ninfa corada e trigueira que estava a seu lado.

Ela era inexperiente e jovem. Sua indiferença era grande demais para que ela pudesse realmente compreender a tensão que o dominava, e muito menos para compadecer-se dele. Ao contrário, sentia um prazer maroto em provocá-lo, sem ter a consciência de estar lhe causando mal, do mesmo modo que uma criança travessa. Ela caçoava da maneira como ele jogava tênis, como remava e como conduzia o carro. Admitia que ele talvez jogasse bem o golfe, mas ela não tinha interesse nesse esporte, que achava lento demais. Ela zombava até das caminhadas dele.

– Ele não quer caminhar! – disse alegremente à sua mãe, certa noite durante o jantar. – Ele só quer ir a algum lugar, acomodar-se elegantemente debaixo de uma árvore e ler para mim sobre Heloísa,[7] ou

---

7. Abadessa francesa e uma intelectual do século XII, Heloísa foi considerada uma das primeiras mulheres escritoras do Ocidente cujo nome chegou aos dias de hoje. Teve um papel importante na literatura e no desenvolvimento da representação da figura feminina.

Araminta,[8] ou sei lá quem, todas esguias e brancas e sinuosas e de cabelos dourados, e contar como elas se mataram por amor!

Ela ria abertamente dele, e ele ria com ela. Mas o coração dele batia ardente e sombrio dentro do peito. Quanto mais ele a perseguia e falhava, mais feroz era seu desejo por ela. O amor dele já durava mais do que o costumeiro. Nunca antes suas investidas irresistíveis haviam sido aparadas e desviadas com tanta facilidade.

– Você daria uma volta comigo esta noite, depois do jantar? – ele propôs. – A lua está celestial... E não vou conseguir ler para você. O luar deve ser de uma rara beleza em seu lago, não é, senhora Osgood?

– De fato – ela concordou calorosamente com um olhar de desaprovação para a garota que ainda ria baixinho ao lembrar-se da loura Araminta. – Leve-o para passear pelo caminho do penhasco, Ellen, e tente ser ao menos um pouco apreciadora da beleza.

– Sim, mamãe – respondeu Ellen. – Serei boazinha.

Ela foi tão boazinha durante a caminhada ao luar, tão gentil e compreensiva, e tentou tão sinceramente encontrar algum ponto de concordância, que os sentimentos dele sobrepujaram a razão e ele tomou-lhe a mão, depositando nela um beijo. Ellen o empurrou para longe de si, atônita demais para conseguir dizer qualquer coisa.

– Ora, senhor Pendexter! Que acha que está fazendo?

Então ele abriu o coração para ela. Contou-lhe como a amava – loucamente, apaixonadamente, de forma irresistível. Suplicou-lhe que o ouvisse.

– Ah, minha jovem Diana![9] Não imagina como sofro! Você é tão jovem, tão fria! Sua beleza é celestial! Não seja cruel! Ouça-me! Diga que será minha esposa! Dê-me um beijo! Um único beijo!

Ela era jovem, e fria, e de uma crueldade ignorante. Ela riu dele, riu impiedosamente, e lhe virou as costas.

---

8. Possível referência à heroína do poema "Aramantha: A Pastorall", do inglês Richard Lovelace (1617-1657), a qual foge da Guerra Civil Inglesa e busca refúgio num mundo verde de jardins, pradarias e bosques.

9. Na mitologia romana, Diana é a deusa das florestas, protetora dos animais silvestres, de fontes e rios e das mulheres, às quais assegurava partos sem dor.

Ele a seguiu, o sangue latejando nas veias, a voz trêmula com a intensidade de suas emoções. Pegando-a pela mão, puxou-a de novo para si. Ela se libertou, soltando um gritinho, e correu. Ele foi atrás, ardente, enlouquecido. Alcançou-a, agarrou-a e segurou-a com firmeza.

– Você irá me amar! Sim, você me amará – exclamou.

As mãos deles estavam quentes e trêmulas, mas ele a segurou junto a si e virou o rosto dela para o seu.

– Não vou! – gritou ela, debatendo-se. – Solte-me! Odeio você, sabia? Odeio você! Você é... repugnante!

Ela o empurrou o mais longe que pôde.

Haviam chegado ao alto do pequeno penhasco que se erguia do lado oposto à casa. Imensos pinheiros negros debruçavam-se por cima deles, os grandes ramos balançando suavemente.

A água espraiava-se lá embaixo, nas sombras, serena e negra como óleo.

A garota baixou o olhar para a água escura e um tremor súbito percorreu seu corpo tenso. Ela soltou um gemido e escondeu o rosto nas mãos.

– Ah! – bradou ele. – É nosso destino! É nosso destino! Já passamos por isto antes! Morreremos juntos, se não podemos viver juntos!

Ele a prendeu contra si, beijou-a enlouquecido, apaixonadamente, e juntos caíram na água negra.

– Que sorte que sei nadar – disse Ellen, enquanto voltava às pressas para casa. – Mas ele não sabia. Pobre homem! Ah, pobre homem! Devia ser louco!

SE EU FOSSE UM HOMEM

(1914)

– Se eu fosse um homem... – era isso que a bela e pequenina Mollie Mathewson sempre dizia quando Gerald não fazia o que ela queria, algo que raras vezes acontecia.

Foi o que ela disse naquela manhã luminosa, batendo no chão o sapatinho de salto, só porque ele havia criado caso por causa de uma conta. Aquela conta longa onde estava escrito "contas prestadas", que ela não entregara a ele da primeira vez por ter esquecido e da segunda vez por ter ficado com medo, e que ele agora recebera diretamente das mãos do carteiro.

Mollie era um belo exemplo do que costuma-se reverentemente chamar de "mulher de verdade". Miúda, é claro, pois nenhuma mulher de verdade pode ser grande. Bonita, é claro, pois nenhuma mulher de verdade pode ser sem graça. Fútil, impulsiva, encantadora, volúvel, devotada a roupas bonitas, que sempre a "vestiam bem", como diz essa expressão esotérica. (Esta não se refere às roupas, que não são em absoluto boas de vestir, mas por alguma graça especial concedida a poucas mulheres, de vestirem-nas e saírem por aí com elas, dão essa aparência.)

Esposa amorosa e mãe dedicada, dotada de "habilidade social" e do correspondente gosto pela companhia das pessoas, além de tudo adorava seu lar, e não só orgulhava-se dele como também o administrava com a mesma competência que... bem, que a maioria das mulheres.

Se em algum momento existiu uma mulher de verdade, ela era Mollie Mathewson, que, no entanto, desejava de corpo e alma ser um homem.

E de repente ela era!

Ela era Gerald, caminhando aprumado e robusto, apressado como sempre para pegar o trem matinal e, deve-se confessar, um tanto mal-humorado.

As próprias palavras dela ressoavam-lhe nos ouvidos. Não apenas a "última palavra", mas as muitas que haviam sido ditas antes; e ela mantinha os lábios apertados e bem fechados, para não dizer algo de que pudesse se arrepender. No entanto, em vez de concordância com a posição tomada por aquela pequena figura que estava na varanda, o que ela sentia era uma superioridade orgulhosa, uma compaixão ante a fraqueza, um sentimento de "devo ser gentil com ela", apesar do mau humor.

Um homem! Um homem de fato, restando apenas uma lembrança subconsciente de si mesma, a qual lhe permitia reconhecer as diferenças.

A princípio houve uma percepção curiosa de tamanho e peso, e de uma corpulência extra. Pés e mãos pareciam grandes e estranhos, e as pernas compridas, retas e livres avançavam com um andar que lhe davam a impressão de usar longas pernas-de-pau.

Essa estranheza passou e, em seu lugar, cada vez mais intensa ao longo do dia, onde quer que fosse, sobreveio uma nova e deliciosa sensação de ser *do tamanho certo*.

Tudo se ajustava, agora. As costas apoiadas confortavelmente ao encosto do assento, os pés tocando o piso. Os pés? Os pés *dele*. Ela os examinou com atenção. Nunca, desde os primeiros dias na escola, havia sentido tal liberdade e conforto quanto aos pés. Eles tocavam o solo com firmeza e solidez quando ela caminhava, rápida, enérgica, segura – como quando, movida por um impulso irreconhecível, havia corrido atrás do bonde, alcançando-o e pulando a bordo.

Por outro impulso, procurara alguns trocados em um bolso conveniente, extraindo de forma instantânea e automática um níquel para o condutor e um *penny* para o garoto que vendia jornais.

Os bolsos foram uma revelação. Claro que ela sempre soube que estavam ali, tinha contado quantos era, zombara deles, consertara-os e até os invejara. Mas nunca havia sequer sonhado como seria ter bolsos.

Por trás de seu jornal, ela deixou que sua consciência, aquela estranha consciência mista, vagueasse de bolso em bolso, dando-se conta da sólida segurança proporcionada pelo fato de ter todas aquelas coisas à mão, acessíveis de forma instantânea, prontas para enfrentar emergências. O estojo de charutos transmitiu-lhe um cálido sentimento de conforto, pois estava cheio. A caneta-tinteiro, firme em seu lugar e segura contra vazamentos, a menos que ela resolvesse ficar de cabeça para baixo. As chaves, os lápis, as cartas, os documentos, o caderno de anotações, o talão de cheques, a carteira... De imediato, invadida por uma profunda sensação de poder e orgulho, ela sentiu algo que nunca sentira na vida: a posse de dinheiro, o dinheiro que ela mesma havia ganhado. Dinheiro dela, para gastar ou guardar, e não um dinheiro pelo qual foi necessário suplicar, provocar, seduzir... Dela.

Aquela conta... Ora, se tivesse vindo para ela, isto é, para ele, teria sido paga sem pensar muito, e nunc a teria sido mencionada... a ela.

Então, sendo ele, ali sentado de forma tão natural e firme, com seu dinheiro nos bolsos, ela despertou para a percepção que ele teve em relação ao dinheiro durante toda a vida. Na infância, os desejos e sonhos, as ambições. Na juventude, o trabalho árduo com o objetivo de comprar uma casa – para ela. Os anos presentes, com toda a sua teia de precauções e esperanças e perigos; o momento atual, em que ele precisava de cada centavo para planos especiais de grande importância, e aquela conta, havia muito vencida e exigindo pagamento, era um inconveniente que seria perfeitamente evitável caso tivesse sido entregue a ele logo na primeira vez; além disso, ele não gostava nem um pouco daquele "contas prestadas".

– As mulheres não têm nenhum senso de negócios! – ela viu-se dizendo. – E todo aquele dinheiro gasto com chapéus... Coisas idiotas, inúteis e horrorosas!

Com isso, ela começou a ver os chapéus das mulheres no carro como nunca os havia visto. Os chapéus dos homens pareciam normais, muito dignos, adequados, com suficiente variedade para satisfazer aos gostos pessoais, e com distinção de estilo e de idade, coisa que ela nunca notara. Mas os chapéus das mulheres...

Com os olhos de um homem e o cérebro de um homem, com a memória de toda uma vida de atividades durante as quais o chapéu, bem ajustado sobre os cabelos curtos, não representara um estorvo, ela agora percebia os chapéus das mulheres.

Os cabelos volumosos e armados eram ao mesmo tempo atraentes e absurdos, e sobre tais cabelos equilibravam-se aqueles objetos disformes, em todos os ângulos possíveis, em todas as cores, de lado, torcidos nos formatos mais estranhos, confeccionados com qualquer substância que o acaso oferecesse. Por cima dessa base amorfa vinham os adereços, jorros de penas rígidas, laços violentos e volumosos de fitas reluzentes, massas protuberantes de plumagem que atormentavam os semblantes dos passantes.

Nunca, em toda a sua vida, ela havia imaginado que a idolatrada chapelaria parecia, aos olhos daqueles que por ela pagavam, a decoração criada por um macaco maluco.

Ainda assim, quando subiu ao carro uma pequena mulher, tão frívola quanto qualquer outra, mas bonita e de aparência doce, Gerald Mathewson levantou-se e cedeu-lhe o assento. Mais tarde, subiu uma atraente jovem de faces coradas, cujo chapéu superava qualquer outro em termos de extravagância, de um colorido agressivo e formato excêntrico. Postando-se ao lado de Gerald, suas plumas macias e curvas tocaram o rosto dele, de novo e de novo, e ele sentiu uma súbita sensação de prazer com as cócegas provocadas por aquele toque íntimo. E ela, bem lá no fundo, sentiu uma onda de vergonha tão grande que poderia ter afogado para sempre um milhar de chapéus.

Quando ele embarcou no trem, e ocupou seu assento no carro de fumantes, ela teve uma nova surpresa. A seu redor estavam outros homens que também tomavam o trem para ir trabalhar, e muitos eram amigos dele.

Para ela, teriam sido identificados como "o marido de Mary Wade", "o homem de quem Belle Grant está noiva", "o rico senhor Shopworth" ou "aquele homem agradável, o senhor Bale". E todos teriam tirado o chapéu para ela, feito uma mesura e, caso estivessem próximos o suficiente, entabulado uma conversação polida, especialmente o senhor Beale.

Ela teve a sensação de conhecer de verdade aqueles homens, de saber como eram de fato. O nível de conhecimento dele constituiu uma surpresa para ela, todo o histórico de conversações, que remontava à adolescência, as fofocas da barbearia e do clube, as conversas mantidas nos trens da manhã e do fim de tarde, a informação sobre afiliação política, situação dos negócios e das perspectivas, caráter, tudo isso sob uma luz que ela nunca antes havia conhecido.

Um após o outro vieram conversar com Gerald, que parecia ser muito popular. E, enquanto conversavam, junto a estas novas lembranças e esta nova compreensão, a qual parecia incluir o modo como todos aqueles homens pensavam, um novo e surpreendente conhecimento aflorou na consciência que jazia lá no fundo – o que os homens de fato pensavam sobre as mulheres.

Eram todos homens de bem, o cidadão estadunidense médio. Em sua maioria, casados e felizes – ao menos o que se costuma entender como felicidade. Na mente de cada um deles parecia haver um compartimento com dois andares, separado do resto de suas ideias, um lugar à parte onde mantinham suas impressões e seus sentimentos em relação às mulheres.

Na parte de cima ficavam as emoções mais ternas, os ideais mais sublimes, as recordações mais doces, todos os sentimentos adoráveis relativos ao "lar" e à "mãe", todos os adjetivos delicados de admiração, uma espécie de santuário, onde uma estátua coberta com um véu, cegamente adorada, dividia o espaço com experiências acalantadas, mas corriqueiras.

Na metade de baixo, eles mantinham uma gama de ideias completamente distinta, e aquela consciência profunda foi tomada por uma angústia cortante. Nesse lugar, até mesmo em seu marido, de mente tão limpa, ficavam as lembranças de histórias contadas nos jantares masculinos, de coisas ainda piores entreouvidas na rua ou nos transportes coletivos, de tradições indecentes, alcunhas chulas, experiências imundas – estas últimas não compartilhadas, apenas conhecidas.

E tudo isso no compartimento “mulher”, enquanto no resto da mente... Aí ela descobriu de fato novos conhecimentos.

O mundo abriu-se diante dela. Não o mundo no qual havia sido criada, onde o lar ocupava praticamente todo o mapa, e o resto era “território estrangeiro” ou “regiões inexploradas”, mas o mundo como ele era. O mundo do homem, o mundo como era feito, vivido e visto pelos homens.

Era atordoante. As casas que desfilavam velozes pela janela do trem eram vistas em termos de faturas dos construtores ou de algum conhecimento técnico de materiais e de métodos. A vila que passava era vista à luz do lamentável conhecimento de quem a “possuía” e de como seu chefe adquiria um rápido poder dentro do estado, ou de como aquele calçamento utilizado era inadequado. As lojas deixavam de ser meras exibições de objetos desejáveis, passando a ser empreendimentos comerciais, muitas delas fadadas ao fracasso, outras prometendo uma trajetória lucrativa. Esse novo mundo deixou-a desnorteada.

Ela – como Gerald – já havia esquecido aquela conta, pela qual ela – como Mollie – ainda estava chorando em casa. Gerald estava “falando de negócios” com este homem, “falando de política” com aquele outro, e agora compadecendo-se com um vizinho cuidadosamente reticente de seus problemas.

Ela sempre se havia compadecido da esposa daquele vizinho.

Ela foi lançada em um conflito violento com aquela grande consciência dominante masculina. Lembrou-se, com súbita clareza, de coisas que havia lido, de conferências a que assistira, e sentiu uma crescente indignação diante da serena preocupação dos homens com o ponto de vista masculino.

O senhor Miles, um homenzinho meticuloso que morava do outro lado da rua, estava falando agora. Ele tinha uma esposa grandalhona e presunçosa. Mollie nunca gostara muito dela, mas sempre o achara agradável. Ele era tão minucioso nas pequenas cortesias!

E ali estava ele, falando com Gerald. E que conversa!

– Tive que vir para cá – disse. – Cedi meu lugar para uma dama que estava decidida a ocupá-lo. Não há nada que elas não consigam quando botam na cabeça que querem, não é?

– Não se preocupe! – disse um homenzarrão acomodado no assento ao lado. – Elas não têm muito na cabeça, você sabe. E quando botam alguma coisa, logo mudam de opinião.

– O único perigo... – começou o reverendo Alfred Smythe, o novo clérigo episcopal, um homem magro, alto e nervoso com um semblante que parecia muitos séculos atrasado no tempo – é que extrapolem os limites estabelecidos por Deus para elas.

– Suas limitações devem contê-las, em minha opinião – disse o bem-humorado doutor Jones. – Não há como escapar da fisiologia, afirmo-lhes.

– Em todo caso, eu mesmo nunca vi qualquer limite para o que querem – disse o senhor Miles. – Nada mais do que um marido rico, e uma bela casa, e um sem-fim de chapéus e vestidos, e a última novidade em termos de automóvel, e alguns diamantes, e assim vai. Isso nos mantém bem ocupados.

Havia um homem grisalho cansado do outro lado do corredor. Ele tinha uma esposa muito simpática, que sempre se vestia com esmero, e três filhas solteiras, que também se vestiam muito bem. Mollie as conhecia. Ela sabia que ele também trabalhava duro, e olhou para ele um tanto apreensiva.

Mas ele deu um sorriso bem-disposto.

– Isso faz bem, Miles – comentou. – Para que mais um homem trabalharia? Uma boa mulher é a melhor coisa da vida.

– E uma mulher ruim é a pior, isso é certo – respondeu Miles.

– Profissionalmente falando, é um ser muito fraco – declarou o doutor Jones, de forma solene.

E o reverendo Alfred Smythe acrescentou:

– Ela trouxe o mal para o mundo.

Gerald Mathewson sentou-se mais ereto. Algo agitava-se dentro dele, algo que ele não reconhecia, mas ao que não podia resistir.

– Tenho a impressão de que estamos todos falando como Noé, ou como antigas escrituras hindus – opinou secamente. – As mulheres têm suas limitações, mas nós também temos, por Deus. Vão me dizer que na escola e na faculdade não conheceram garotas que eram tão inteligentes quanto nós?

– Elas não conseguem jogar nossos esportes – respondeu o clérigo com frieza.

Gerald analisou-lhe as modestas proporções com olhos experientes.

– Eu mesmo nunca joguei futebol americano particularmente bem – admitiu, com modéstia. – Mas conheci mulheres que batiam os homens em provas de resistência. Além do mais, a vida não é feita só de esportes!

Essa era uma triste verdade. Todos olharam para o fim do corredor, onde um homem corpulento e malvestido, de aspecto doentio, estava sentado a sós. Ele já estivera nas páginas dos jornais, com manchetes e fotografias. Agora ganhava menos do que qualquer um deles.

– É hora de acordarmos – continuou Gerald, ainda compelido interiormente a este discurso que não lhe era familiar. – As mulheres são *pessoas*, em meu entender. Sei que se vestem como tolas, mas quem deve levar a culpa por isso? Nós inventamos aqueles chapéus ridículos que elas usam, e criamos as modas doidas, e, mais ainda, se uma mulher tivesse coragem suficiente para usar roupas discretas, e também sapatos discretos, qual de nós iria querer dançar com ela?

– Sim – ele continuou –, nós as culpamos por viverem à nossa custa, mas estamos dispostos a deixar que nossas esposas trabalhem? Não. Isso fere nosso orgulho, nada mais. Sempre as criticamos por fazerem casamentos mercenários, mas o que dizemos de uma garota que se casa com um sujeito sem dinheiro? Que é uma pobre idiota. E elas sabem disso.

Ele prosseguiu:

– Quanto à mãe Eva... Eu não estava lá e não tenho como refutar a história, mas digo-lhes isso. Se ela trouxe o mal ao mundo, nós, homens, temos a maior parte da culpa por mantê-lo aqui desde então. Que me dizem disso?

Chegaram à cidade, e, durante todo o dia, em seu trabalho, Gerald manteve-se vagamente consciente de novos pontos de vista e sentimentos estranhos, enquanto, lá no fundo, Mollie aprendia e aprendia.

REFERÊNCIAS BIBLIOGRÁFICAS

- A glicínia gigante (The Giant Wisteria). *The New England Magazine* 4, jun. 1891.
- O papel de parede amarelo (The Yellow Wallpaper). *New England Magazine* 5, jan. 1892.
- A cadeira de balanço (The Rocking-Chair). *Worthington's Illustrated* 1, maio 1893.
- A porta não vigiada (The Unwatched Door). *Impress* 1, 1894.
- Quando fui uma bruxa (When I Was a Witch). *Forerunner* 1, 1910.
- Água antiga (Old Water). *Forerunner* 2, 1911.
- Se eu fosse um homem (If I Were a Man). *Physical Culture* 32, jul. 1914.

Este livro foi impresso pela Paym Gráfica e Editora
em fonte ITC Stone Serif sobre papel Norbrite Cream 67 g/m²
para a Edipro no verão de 2019.